一頁 folio

始于一页，抵达世界

AKUTAGAWA

RYŪ-

NOSUKE

芥川龙之介

妄想者手记

04

文豪手帖

[日]

**芥川龙之介**

著

陈德文

译

北京联合出版公司

Beijing United Publishing Co.,Ltd.

# 目录

## 推荐序
### 芥川不语似无愁

大正时代是优秀作家辈出的时代，群星璀璨，芥川凝聚了这个时代的自由精神、怀疑主义，感到了"朦胧的不安"。

芥川龙之介二十二岁，那是大正三年（1914），就读于东京帝国大学英文科，在《新思潮》上发表处女作《老年》。大正十五年（1926）十二月二十五日天皇驾崩，改元昭和，半年后，芥川续写完《西方之人》，仰毒自杀。其文学生涯整个与大正时代相始终。历经明治、大正、昭和三朝的文学家佐藤春夫说：芥川比谷崎润一郎或菊池宽更适于代表大正这个时代。

小岛政二郎自传性小说《眼中的人》翔实记述了大正文坛，有史料价值；对他来说，芥川龙之介亦兄亦师，初次拜访，正当芥川结婚第二天："来客接踵，不大工夫书斋就满了。主人跟谁都有话说，无人向隅。时而夹杂机智地议论，听得我不禁为主人的博识咋舌，觉得好像被理论的精辟洗耳。"

在小岛眼中，芥川"像女人一样的长睫毛给秀丽的容貌平添了一抹阴翳"。

年纪轻轻的，第一个作品写的却是"老年"，令人联想太宰治的处女短篇集，叫作《晚年》。芥川早熟，体弱，对于非现实的怪异感兴趣。《老年》很显得老成，虽然多少也露出幼稚，甚至有一点炫耀与装腔作势，但充足具备了他的文学特色，不过，其中飘溢的江户趣味与陋巷情绪后来的作品里再未出现过。厌恶这种趣味及情绪，乃至否定永井荷风的小说《隅田川》为"庸俗可哂"，莫非因为他就出身于那里——传统的江户，现实的东京？东京叫江户的时候祖上已定居于此，芥川一八九二年生在东京，一九二七年死在东京，一生基本在东京度过，纯粹东京人。永井荷风、谷崎润一郎以及三岛由纪夫也都是东京人，他们有相似之处，那就是趣味和感觉遗传了江户文化的洗练，艺术感受性特别敏锐，追求形式，强烈地关心文体与结构，具有唯美的、城市的、理智的倾向，纤细华丽典雅，与出身于地方、抛弃家庭的自然主义作家形成对照。生长在老城陋巷（日本叫下町）的人搞文学，要么现实主义地描写其间的生活、人际关系及其独特的哲学，要么脱离现实，另外虚构一个理想的舞台。评论家吉本隆明言道："芥川这个作家毕生拘泥于自己是中产下层阶级出身。对于他来说，出身阶级的内幕是最该厌恶的（伴随自我厌恶），便试图凭超群的知性教养否定这一出身而飞扬。"陋巷出身与身处知识人世界的乖离造成芥川人生观的虚无，而江户时代的怪谈趣味在他笔下表现为神秘、怪异、超现实。

但芥川没有把短篇小说《老年》收入第一部作品集。继《罗生门》之后，一九一六年发表《鼻子》，表现了不能本然活自己的悲哀，被夏目漱石激赏，芥川这才登上文坛，所以通常将此篇视为他出道之作。漱石在"心情兼有痛苦、快乐、机械性"的状态中写信夸赞芥川："觉得你的东西非常有意思。沉稳，不戏要，自然而然的可笑劲儿从容而出，有上品之趣。

而且材料显然非常新。文章得要领，尽善尽美。这样令人敬服的东西今后写二三十篇，将成为文坛上无与伦比的作家。然而以《鼻子》的高度恐怕很多人看不到，看到也都置之不理罢，别在乎这种事，大步往前走。不把群集放在眼里是身体的良药。"《罗生门》写的是以恶凌恶才能活下去，这是人世的真相，也是芥川的人生观。"善与恶不是相反的，而是相关的"，"外面只有黑洞洞的夜"，一句景色也道破人生与人心。《罗生门》和《鼻子》这两篇小说基本上确立了芥川的创作方法，也规定了芥川文学的方向。

夏目漱石忙于写作，腾出星期四（木曜）待客，称作木曜会，也就是文学沙龙，形成了漱石门下。一九一五年冬，芥川跟着久米正雄钻进漱石山房的门。他回忆："进夏目先生门下一年左右之间，不单艺术上的训练，而且发动了人生的训练。"芥川终生称漱石为先生，执弟子礼，但若看其小说，他实乃森鸥外的忠实徒弟，那种明晰端丽就是从鸥外的历史小说中学来的，鸥外对芥川文学具有实质性影响。他也称鸥外为先生。

发表于一九二七年的《玄鹤山房》充分展示了芥川文学的成熟，笔法质朴，简直不像出自他的手，连痴迷自然主义小说的评论家也予以好评。在为数众多的作品中，有人说《玄鹤山房》第一，正宗白鸟则推举《地狱变》，志贺直哉赞赏《一块地》，久米正雄钟情于《蜃气楼》，而川端康成认为《齿轮》好。各有所好，足以表明题材与手法之多彩。芥川的作品可分为几类，人们最熟悉的是那些取材于历史的小说，如《罗生门》《鼻子》和《芋粥》都以平安时代的风俗为背景。芥川的唯一弟子堀辰雄说："他终于没有他独有的杰作，他的任何杰作都带有前世纪的影子。"芥川的作品不仅是文学的，而且是才学的。

芥川也多从世界文学获取灵感，吸纳手法。大概果戈理的《鼻子》让他悬想别的"鼻子"，借以揭示"旁观者的利己主义"：同情别人的不幸，但看见别人挣脱了不幸，又感到不满意了，甚至有敌意。《芋粥》简直像摹写果戈理的《外套》，漱石批评它过于"细叙絮说"，虽说上帝在细部。《偷盗》与梅里美《卡门》人物类似。《竹林中》主题是对女人的心极度不相信，把作者深度怀疑客观真理的情绪加以文学化，形式上也借鉴了罗伯特·勃朗宁的长诗《指环与书》，由九个人陈述杀人事件，还有法国十三世纪传奇《邦丘伯爵的女儿》：夫妻旅行中遭遇草寇，妻子被凌辱，要杀掉目睹自己耻辱的丈夫。把芥川的作品和原典相比较，可借以了解他如何脱胎换骨，把故事新编，寄托人生感怀，有益于鉴赏与写作。历史小说家从史料文献中渔猎素材是当然的，而芥川涉猎之广，及于不为人知的部分，发现其文学价值，就需要别具艺术素质了。

一九二七年，尽失生活欲，仅存"制作欲"的芥川在"人生比地狱还地狱"的处境中仍然旺盛地创作，但一反常态，《大导寺信辅的前半生》《蜃气楼》《齿轮》和《某阿呆的一生》等作品写自身，坦率表露了人之将死的心绪与人生观。《齿轮》被很多评论家视为芥川的最高杰作，写于自杀三个月前，由于服用安眠（一般药店买不到的进口安眠药），幻觉丛生，却不见生的光明。

这一年芥川撰写《文艺的，过于文艺的》，跟谷崎润一郎展开论争。他主张,没有像"故事"的故事的小说最接近诗,是最为纯粹的小说。谷崎则认为:"凡在文学中能最多地具有结构美的东西是小说。"其实,芥川并不曾否定结构美,他重视诗魂,有无诗魂、诗魂深浅才是艺术问题。芥川还长于警句格言,思想的闪光,文学的碎金,要约其人生观、艺术观。《侏儒的话》就是一本箴言集,热衷造警句的微博控不妨拿来作范本,例如,"遗传、境遇、偶然,掌控我们命运的毕竟是这三者"。又如《某阿呆的一生》有一句广为人知:"人生还不如一行波德莱尔。"

通常芥川是伏案一天,写千八百字,反复推敲,功夫下在文体上。他只创作了十一二年,月月在报刊上发表作品,篇篇各有巧妙不同。二十世纪一○二○年代,仿佛在文学方面继承了江户匠人善于做小巧工艺的感觉,产生了很多短篇小说的名手。小说的主要形式是短篇,或许这也是芥川不要等写完长篇《邪宗门》之后再自杀的传媒因素罢。

终生不写粗野的文学,洁净是芥川文学的魅力所在。他说过:"我同情艺术上的所有反抗精神,纵然有时是针对我本人。"外国文学的影响，古典的摄取，新文体的成熟，一个时代的文学在芥川手里出色地完成了。留名文学史，现实意义又如何呢？中村真一郎的说法发人深省：芥川创作了谁都不能模拟的优秀散文，然而，他的方法在其后文学历史中什么都不曾产生。他的文学是死胡同。其完成没打开任何新的展望，没蕴藏任何可能性萌芽，这也含有花已全部开尽的意思。

大正时代是优秀作家辈出的时代，如武者小路实笃、里见弴、有岛五郎、广津和郎、宇野浩二、葛西善藏、志贺直哉、佐藤春夫、久保田万太郎、菊池宽、久米正雄，群星璀璨。大正时代有所谓大正民主或浪漫之说，也就是资产阶级自由化，不消说，各个阶级的所有阶层都参与了这场狂欢。芥川凝聚了这个时代的自由精神、怀疑主义，感到了"朦胧的不安"。果不其然，浪漫到了头，日本走上军国主义的不归路。从小说来说，志贺直哉等二三作家也不无胜过芥川之作，为什么单单芥川始终被另眼看待呢？大概原因之一是他很及时地自杀了。正当历史剧变之际，他的死就具有象征意义。芥川自杀绝不是一时冲动，致友人信中一再说："这两年来，我一直在考虑死"，"我有死的预感。"而且留下了七封遗书，写道：人生至死是战斗，自杀如同对过去生活的总决算。甚至遗嘱孩子们，倘若人生的战斗打败，那就像你们的老子一样自杀。

芥川一九一七年刊行第一个作品集，名为《罗生门》。卷头印着"供在夏目漱石先生灵前"，还有中学恩师题写的"君看双眼色，不语似无愁"，这是江户时代临济宗白隐禅师的诗句。作品本来是作家给自己做的假面。芥川机智、讽刺、谐虐，从"似无愁"到"朦胧的不安"，笑的假面之下有一张阴翳而忧郁的真面目。芥川尊敬的作家佐藤春夫说："人们大都被他的飒爽风貌和绚烂才华所眩惑，没发现深处秘藏的东西。他的真面目是深深悲哀的人，这种人品构成他文学的根柢。把那悲哀巧妙地包装或变形而诉诸笔端的努力不就是芥川文学吗？"当代评论家江藤淳也说："重读芥川作品所痛感的是隐藏在高雅文章背后的黑暗空洞之重。"他太是审美家了，始终不失对古典主义的憧憬，但彻底是近代人，而且是记者，既不能隐遁，也不能沉默。凭时代的敏锐感觉和博学发觉随后将兴起的东西是和他完全绝缘的新文化，朦胧的不安是思想的，更是文学的。对于芥川之死，时人或认为是社会问题，或看作他"最后的力作"。室生犀星说："这个作家仿佛是从书籍中变出来的，在世上只活了三十几年，谈笑一通，又隐身于书籍之间，不再出来。"

芥川觉得，"周围是丑陋的，自己也丑陋，而且看着这些活是痛苦的"。末了想到了中国的作家，似乎他们向来只看见周围的丑陋，就活得很快乐，尽情活下去，小苦也带着微甜。

李长声

## 大川的水

我出生在大川端[1]附近的街区。走出家门，踏着米槠枝叶掩映的青荫，穿过黑墙众多的横网地区的小路走下去，便来到百根木桩的河岸边。这里，可以一览无余地望见广阔的水面。从童年时代到初中毕业，我几乎每天都能看到那条河，看到水、船、桥和沙洲，以及那些生在水上活在水上整天忙忙碌碌的人。炎夏时节的午后，脚踏灼热的沙石地，赶着去练习游泳。一路上漫不经心地嗅着河水的潮腥。如今，随着年龄的增长，这些事回忆起来，越发感到亲切了。

我为何如此热爱那条河呢？换句话说，我是否从大川混浊而温暖的水流里，感受到无限的古典的情味？对于这个问题，我自己也不能不进行一番艰苦的

---

1　大川，这里专指流经东京都内的隅田川吾妻桥（大川桥）至下游的一段河流。大川端，则指这一段河水右岸尤其是两国桥至新大桥一带地区。

说明。很久以来，我每每看到那条流水，总是产生一种难以言表的慰藉和寂寥，这种感觉几乎使我伤心落泪。于是，我觉得，我完全远离自己居住的世界，踏入了依依情深的思慕和追忆的王国。因为有了这样的心境，因为可以品味如此的慰藉和寂寥，所以我无比热爱大川的水。

银灰色的雾霭，青油似的河水，喘息般的飘渺的汽笛，运煤船焦褐色的三角帆——这一切唤起难以抑压的哀愁的水上景观，是如何使自己幼小的心灵激动得犹如岸边杨柳震颤的树叶啊！

这三年，我躲在山手[1]郊外杂木林里的书斋，埋头于平静的读书三昧之中。尽管如此，我每月总有两三次不忘去看看大川的河水。那条似动非动、似流非流的大川的水色，使得我那颗饱受书斋静寂的空气无休止地刺激、紧张而快速地运转着的心脏，犹如再度渐渐踏上故乡的土地，陶醉于一种寂寞、自由和缅怀的情绪里，宛若一次漫长旅行的巡礼。有了大川的

---

1 东京都富人居住的高级住宅区称山手地区，平民居住的商业区称下町地区。

水，我才得以生活在纯粹而本真的感情之中。

我多次看到，面临青青河水而立的槐树，经初夏的微风一吹，粉白的花朵簌簌落下的情景。我多次听到，十一月多雾的晚上，夜暗天寒的水面，白鸰鸟清泠的鸣叫。所有这些所见所闻，悉数加强了我对大川的热爱。正像夏天河川里生长出来的黑蜻蜓的羽翼，我的一颗易于震颤的少年的心灵，我不得不数度圆睁着惊异的大眼睛。尤其是背倚夜间撒网的船舷，一边凝视无声涌动的黑魆魆的河水，一边感受着漂流于夜和水中的"死"的呼吸。这时的我，是如何沉落于无依无靠的寂寞里啊！

每当看到大川的水，我就自然联想起那座生息于僧院钟声和天鹅鸣叫中的意大利水都——露台上盛开的玫瑰与百合，映着沉沦水底的清白的月光。其中，黑灵柩似的冈朵拉[1]，梦一般摇着桨，由一座桥划向另一座桥。如今，我越发思慕那位将全部热情倾注

---

[1] 威尼斯特有的小船，完全由手工制作。制造一艘冈朵拉需要花费 8 种不同木材，共 280 多块木头。

于威尼斯风物的诗人邓南遮[1]了。

这条大川的水所抚爱的沿岸各个城镇，都是我念念不忘的地方。大凡吾妻桥以下的河下诸城区，驹形、并木、藏前、代地、柳桥，或者多田的药师前、埋堀，横网的川岸——不论哪里都一样。走过这些街区的人的耳朵里，一定从阳光照射的白壁和白壁之间，从障子门结构的昏暗房舍和房舍之间，或者从抽出银褐色幼芽的柳树和洋槐组合的林荫道之间，不时传来大川那青光闪闪的水，和着清冷的潮腥，自古以来向南奔流的亲切的响声吧？啊，那可爱的流水，如低低絮语，喃喃娇音；那咂咂舌鼓榨压出的草汁般的满河绿水，日日夜夜不住淘洗着两岸的石崖。且不说班女[2]和业平[3]时的古昔的武藏野，远的如作品众多

---

1 加布里埃尔·邓南遮（1863—1938），意大利诗人、小说家。唯美派代表，主要作品有《玫瑰三部曲》。

2 世阿弥所作能乐剧《狂女篇》人物之一，喜欢扇子的班女是美浓国野上旅馆的游女，同吉田少将私定终身，并以扇子为信物。后少将久久不还，随之发狂。

3 在原业平（825—880），平安时代歌人，六歌仙之一。以放浪多才著称。作歌善于速吟。作品有家集《业平朝臣集》等。

的江户净琉璃作者，近的如河竹默阿弥翁，为了和着浅草寺的钟声，充分表现舞台刑场上的 Stimmung[1]，在其"世话物"中使用的，竟然是这条大河寂寥的水声。十六夜清心[2]主人公嗟叹身世的时候，源之丞迷恋弹三味线唱《赶鸟歌》的女艺人阿恋姑娘的时候，或补锅匠松五郎于蝙蝠交飞的夏夕，挑着担子走过两国桥的时候……大川也像现在一样，于船坞的栈桥，于岸边的青芦，于猪牙船的船腹，重复鸣响着慵懒的潺潺水音。

更能亲切地听闻这条河流的水声，是在渡船之中。如果我没有记错的话，从吾妻桥到新大桥之间，本来有五个渡口。其中，驹形渡口、富士见渡口和安宅渡口，不知何时起一个个相继被废弃。如今只剩下从一桥渡往滨町的渡口以及御藏桥渡往须贺町的渡口，依旧保持古代的原貌。同我幼小的时候相比，河流改变了，一块块芦荻茂密的沙洲，被掩埋得不留痕迹了。但唯有这两处渡口，同样浅底的船舶，载着同

---

1　德语：气氛。

2　歌舞伎脚本《小袖曾我薊色缝》的通称，亦指代剧中男女主人公。

样年老的船夫，似岸边柳叶，一日之间数次划过青青河水，至今不变。我虽然没有要紧事，但也时常乘坐这种渡船。随着水的流动，摇篮般轻轻晃动着身子。那是怎样的一番心情啊！尤其是时间越晚，越能深刻感受到渡船的凄清和怡悦。低低的船舷外，紧连着明滑的绿水，宽阔的河面闪耀着青铜般的钝光。这是被遥远的大桥遮蔽之前，肉眼唯一可视的风景。两岸的房屋已经一律染上黄昏的鼠色，各处映射在障子门上的灯光，也在黄色的雾霭中飘浮不定。灰色的船帆随着涨潮或半开或满胀，传马船[1]一艘、两艘稀有地沿河而上，每一艘船都静悄悄的，甚至不知道有没有掌舵人。我面对这种始终宁静的船帆和青青奔涌的潮腥，有着难以言传的寂寥之感，宛若阅读霍夫曼斯塔尔[2]的诗集。于是，我不能不感到，我心中情绪之水的低语，也和流经雾霭底层的大川的水一样，鸣奏着相同的旋律了。

---

1　无甲板的运货小木船。

2　Hugo von Hofmannsthal（1874—1929），奥地利颓废派诗人、戏剧家。除诗集外，还有《傻子与死神》《玫瑰骑士》《无影的女人》等作品。

　　然而，使我着魔的不单是大川的水声。在我看来，这条河流的水光似乎具有极难发现的滑腻与温暖。

　　海水，犹如碧玉之色，凝聚着厚重的绿韵；而完全感觉不到涨潮的上游河水，可以说如绿柱石之色，太清，太薄，过于光亮。唯有淡水和潮水相交错的平原大河之水，冷然的青绿和混浊的暖黄交合在一起，变得充满人性，亲密无间起来。在人情味这点上，似乎有着生活中不可或缺的亲情。尤其是大川，流遍多属赭红色黏土的关东平原，正因为静静流过东京这座大都会，其混浊、褶皱，犹如脾气古怪的犹太老爷子嘀嘀咕咕发牢骚的水色，具有多么安详宁静、柔和温馨的感触啊！即便流经同一座城市，依然和"海洋"那种巨大的秘密，不断保持直接的交流。为此，就像河水与河水相连接的沟渠，不晦暗，不沉睡，总是充满活脱脱的生机。而且，总觉得那将要流去的前方，无始无终绵亘着"永远"的不可思议。不必说吾妻桥、厩桥、两国桥之间香油似的青青河水，一边浸润着花岗岩的巨大桥墩和砖瓦，一边欢快地奔流过去。纵使那重重的水色，也藏着不可言喻的温情：映着近岸宿船银白的行灯，映着银色叶背翻转的柳枝，一边又被闸门阻遏，于三味线音调温吞的午后，对着红芙蓉花朵发出哀叹，一边又被胆小的家鸭的羽毛所搅乱，散射着光亮，静静流过没有一个人影的树下。随着接近两国桥、新大桥、永代桥以及河口，河水显著交混着黑潮的深蓝色，在充满噪音和烟尘的空气下面，白铁皮般明晃晃反射着绚烂的阳光，阴郁地摇动着装满煤炭的达摩船[1]和油漆斑驳的古式的货轮。尽管如此，自然的呼吸和人的呼吸交汇融合的都市水色，其温暖是不会猝然消泯的。

特别是日暮时分，聚拢于河面上的水蒸气和逐渐黯淡的暮空的薄明，使得这条大川的水流带上一种绝难比喻的微妙的色调。我一个人独自支肘于渡船船舷之上，一边心不在焉地眺望雾霭降临后薄暮中的河面，一边观看暗绿的河水远方，晦暗的屋宇上空，升起一轮巨大的红月亮。我不由得流下了眼泪，这恐怕

---

1　日西折中的大型驳船。

是我终生难忘的一件事。

"所有的城市，都有着该城市固有的馨香。佛罗伦萨的馨香，是粉白的燕子花、尘埃、雾霭和古老绘画清漆的馨香。"（梅列日科夫斯基[1]语）若有人问我"东京"的馨香是什么，我将毫不犹豫地回答，是大川的水的馨香。不仅是馨香，大川的水色，大川的水声，必然是我所热爱的"东京"之色，"东京"之音。正因为有了大川，我才热爱"东京"，正因为有了"东京"，我才热爱生活。

（一九一二年一月）

其后，我听说"一桥渡口"断绝了。"御藏桥渡口"不久也将废弃。

---

1　梅列日科夫斯基（1865—1941），俄国象征派作家、文艺评论家。其诗作充满悲观主义和神秘主义思想。历史小说三部曲《基督和反基督》等，表现了具有宗教色彩的历史观。后亡命法国，客死巴黎。

# 松江印象记

## 一

　　来到松江，首先引我心动的，是纵贯全市的河水以及架在这条河上的众多的木桥。河流多的都市，并非只有松江一地。但是，这种都市的水，仅就我所知，不少都被架在河面的桥梁抹杀了它的美丽。为什么这样说呢？因为这种城市的民众，必然在河流上架设第三流的月牙形铁桥，以这类丑陋的铁桥作为自己得意的杰作之一。这期间，当我发现松江所有河面上都架设着可爱的木桥时，甚感高兴。尤其是有两三座桥梁，采取了日本古代版画家屡屡用于构图的青铜拟宝珠[1]当作主要装饰一事，使我越发珍爱这些桥梁了。

---

1　桥梁或楼梯栏杆柱头上的葱花状圆形装饰。

到达松江那天，薄暮之中于灰暗的绿水之上，望着大桥上雨水打湿的光亮的拟宝珠，那种缅怀之情就不用在这儿重新叙说了。比起拥有这些木桥的松江，与朱漆的神桥[1]相比邻，架设丑恶铁吊桥的日光町民之愚诚然可笑。

仅次于桥梁而抓住我内心的东西，是千鸟城的天主阁。天主阁虽然一如其名所示，是伴随天主教自遥远南蛮输入的西洋筑城术的产物，但由于我们祖先令人惊讶的同化力，将屋脊和墙壁悉数日本化了，几乎不会使人对此感到异国情趣。正如寺院的堂塔代表王朝时代的建筑一样，堪称代表封建时代的建筑物，除了天主阁我们还能举出什么来呢？况且，和明治维新共生的可卑的新文明实利主义横行全国，毫不留情地破毁了此种巨大的中世纪的城楼。有人主张填埋不忍池[2]以建筑房舍，我一想起产生这种论调的可笑的时代思想，对于这种破坏就也只能

---

1　日本日光市大谷川河面的朱漆木桥。

2　东京上野公园西南面的水池，池中供有辩才天（佛教辩才女神），以荷花而闻名。

报以微笑，听之任之。论其原因，在于天主阁是参与明治新政府的萨长、土肥[1]的下级武士之辈也能理解的宏大的艺术作品。时至今日，幸免于这些幼稚的偶像破坏者之手、致使值得记忆的日本骑士时代传之后世的天主阁，其数目屈指可数。而其中之一便是这座千鸟城的天主阁。为此，我衷心祝福松江的人们。如此俯视着芦荻茂密的壕沟，浸润着些微的夕阳的光辉，将寂寞的白壁的影子映到泪泪流淌的水里，我祈愿那座天主阁高大的屋脊瓦，永远不会掉落在地上。

然而，松江市给我的不仅是满足。我仰望天主阁的同时，也不能不看到写着"松平直政公铜像建设之地"的大木柱。不，不单是木柱，还不能不看到旁边围着铁丝网的小屋中几面古色古香的青铜镜，这是堆积在这里的铸造铜像的材料。用梵钟铸造大炮，或许是危急之时迫不得已的事，但在太平盛世，又有什么必要执意破坏过去可爱的美术品呢？何况，其目的不就是建设一座缺少艺术价值的区区铜像吗？我不禁想进一步将这种责难加在嫁岛的防波工程上。防波工程的目的，假若是为了防止波浪之害、保护嫁岛的风趣，那么如此粗劣的石墙建筑，却破坏了这种风趣。这一点正同当初的目的产生矛盾。

　　一幅凇波谁剪取，春潮痕似嫁时衣。

　　要是能让吟咏此句的诗人石埭翁[1]，看看那道犹如连接一排石臼的石墙，不知会作何种说法。

　　我对松江既同情，又反感，二者兼有。可庆幸的是，这个城市的河水战胜了一切反感，在我心里唤起了强烈的爱惜之情。关于松江的河流，我想继本文之后，另行找机会再加以描述吧。

---

1　永坂石埭（1845—1924），名周二，名古屋人。书道家、医师、汉诗泰斗。创立石埭流书体。

二

　　我在前面赞赏的桥梁和天主阁，两者都是过去的产物。但我之所以喜爱，绝非单单因为这些东西属于过去。这些建筑，即使去除所谓"闲寂"这种偶然的属性，依然在艺术价值上具有不可忽视的特质。为此，不只是天主阁，我也爱散布在松江市内的众多神社和梵刹（尤其是月照寺松平家[1]的庙宇和天伦寺的禅院，最能引起我的兴趣）。我绝不忌惮新式建筑的增加，不幸的是，我对于建在城山公园内的光荣的兴云阁，除了索寞的厌恶之情外，再也没有其他可感了。不过，我以为自己对农工银行等二三座新式建筑的功绩，倒是给予了不少的肯定的。

　　全国许多都市，尽皆向东京乃至大阪寻求发达的规范。然而，要成为东京、大阪，这事未必取决于和这些都市走同一条发达之路。毋宁说，先行发展起来的大都市用十年达到的水准，后进的小城市五年就

---

1　松平治乡（1751—1818），江户后期出云松江城藩主。茶人，号不昧。亦通禅道、书画、和歌。

可以达到。这是小城市的特权。东京市民现在煞费苦心的事，既不是建设那种屡屡为外国游客耻笑的小人的铜像，也不是试图制作那种用油漆和电灯做广告的下等装饰，而是道路的整备、建筑的改善和街道树的养护。我认为，在这一点上，松江市比其他任何城市都具有优长之处。沿沟壑建造的街衢井然有序，我一跨入松江就惊叹不已。散见于各处的挺立的白杨，诉说着那幽郁的落叶树是如何同水乡的土地以及空气相惜相依、亲密无间的。最后，关于松江的建筑物，比起那种窗户、墙壁和露台，更具有优美可观的得天独厚的条件——比威尼斯更加威尼斯的水。

松江几乎拥有除却大海以外的"所有的水"。自茶花一串串浓艳的红果之下混浊幽暗的壕水，到滩门外似动非动的柳叶般青青的河水，尽皆浮泛着玻璃似的光泽，不知不觉又变成了 LIFELIKE[1] 的湖水。水纵横流贯了松江，一边显示着光与影无限的调和，一边随处映照着天空和房舍之间往来交飞的燕影，将那

---

1 活生生的，逼真的。

不绝的慵懒的低语送进住在那里的人们的耳鼓。假若利用这些水规划建造所谓的水边建筑，恐怕正如亚瑟·西蒙斯[1]所歌唱的，可以成为一座"浮在水上的睡莲般的"美丽的都市。水和建筑，具有为这座城市的居民时常顾及的密切关系，绝不应将这种调和单单委任于一座松崎水亭。

今年盂兰盆会，水边家家点燃了四角形花灯笼。人们于黄昏之中，凝望着辉映于溢满八角香气的河面上沉静的灯影。我想，我的这番话语一定会获得那些人的一致赞成吧。

---

1　亚瑟·西蒙斯（1865—1945），英国文学代表诗人、评论家。诗作多倾向唯美主义。

## 两封信

在某个机会下，我得到了两封信，兹公布于下。一封是今年二月中旬，另一封是三月上旬，都是寄给警察署长的，预先支付了邮资。至于为何要在这里公开，信内容本身就是最好的说明。

### 第一封信

警察署长阁下：

首先，请阁下相信我一身正气。为此，我向四方神圣宣誓保证。故请相信我的精神并无异常。否则，我给阁下写这封信，恐怕就会完全失去意义。要是那样，我又何苦写这种冗长的信呢？

阁下，我在写信之前，很是犹豫了一阵子。为什么呢？因为既然要写这封信，就不得不将我全家的秘密暴露于阁下面前。当然，这对我的名誉无疑会造成巨大损害。然而，不把事情写清楚，就会时时刻刻经受痛苦的折磨，所以，我才下决心处理这件事。

出于这种必要，我写下这封信，我怎能被人看作狂人而默不作声呢？我再一次请求您，阁下，请务必相信我的正气。麻烦了，请读一读我的这封信吧。我赌上我和妻子的名誉，写了这封信。

我絮絮叨叨写了这么多，为职务繁忙的阁下增添了不少麻烦，但实在出于无奈。不过，我下面写的这些事实，很需要阁下对我的真诚给予信赖。否则，您又如何能够承认这种超自然的事实呢，又怎能正视这种创造性力量的奇怪作用呢？我请阁下给予留意的事实，都增添了众多不可思议的性质。因此，我才斗胆提出以上这些请求。还有，下面写的这些事情，或许难免冗长之嫌。然而，一方面是为了证明我的精神没有异常，另一方面，也想让您知道这种事历来并非绝无仅有。所以，我认为还是有必要的。

历史上最著名的实例之一，或许就是出现在叶卡捷琳娜女皇身上的那件事。还有，就是出现在歌德身上的现象，也是不亚于此的著名例子。

但是，所有这些实例，因为过于脍炙人口，我在这里不再特别加以说明了。我会根据两三个极富权威的实例，尽量简短地说明这种神秘事实的性质。首先从维尔纳医生（Dr. Werner）所举的实例说起。据他所说路德维希堡的一个名叫拉策尔（Ratzel）的宝石商人，某个夜晚拐过街角的时候，同一个和自己不差分毫的男子对望了一下。那个男人不久帮助伐木人砍伐槲树时，被倒下的大树砸死了。与此相同的例子是发生在罗斯托克[1]担任数学教授的贝克尔（Becker）身上。一天晚上，贝克尔和五六个朋友一起讨论神学问题，需要引用书上的一些话，他独自一人到自己的书斋里拿书。他看到另一个自己，坐在他平时坐的椅子上，正在看一本书。贝克尔好奇地越过那人的肩头望去，那是《圣经》，那人右手的手指正好指在"准备你的墓吧，你就要死了"[2]这一章上。贝克尔回到朋友那儿，告诉大家，自己离死不远了。之后果然应

---

1 德国北部沿海城市。

2 日语原文为"爾の墓を用意せよ。爾は死すべければなり"。

验，第二天午后六时，他就静静地停止了呼吸。

由此可见，Doppelgaenger[1]的出现，预告着死亡。但也不一定是这样。维尔纳医生记述过，迪勒纽斯（Dillenius）夫人和自己六岁的儿子以及小姑子三人，在看到穿着黑衣的第二个她自己后，什么事也没有发生。这又是这种现象反映在第三者眼中的实例。施蒂林（Stilling）教授举出的名叫特里普的魏玛[2]官员的实例，还有他所认识的某 M 夫人的实例，不是依然属于这类例子吗？

在进一步追寻仅发生在第三者身上的自我幻觉的例子，也绝非稀少。现在，据说维尔纳医生自己也看到过女佣的双重人格。其次，乌尔姆[3]高等法院名叫普菲策尔的院长，也为他做官吏的朋友在自己书斋里看到幻觉中的儿子的身影这一事实，作了有力的证明。此外，《关于幽灵性质的探究》的作者所举的教会中，七岁少女看见了父亲的双重人格实例，以及

---

1 德语，意思为分身，自我幻觉，即自己看到自己的幻象。
2 德国小城市，曾是德国文化中心，歌德和席勒在此创作出许多不朽文学作品。
3 德国南部多瑙河沿岸城市。

《自然的黑暗面》的作者提到某科学家兼艺术家 H，于一七九二年三月十二日的晚上，看到了叔父双重人格的实例等，这些已经够多的了。

我现在列举以上这些实例，并不想浪费阁下宝贵的时间，只是想让阁下知道有这些无可置疑的事实罢了。否则，也许您会认为我所列举的这些全是毫无根据的胡言乱语。为什么这样说呢？因为我自身也在为幻觉而苦恼。就这件事，我想稍求助于阁下。

我先写下我的自我幻觉。但详细地说，是我和我妻子的幻觉。我住在本区某街某巷某号，名叫佐佐木信一郎，年龄三十五岁，东京帝国文科大学哲学科毕业后，一直到今天，都担任某私立大学伦理及英文教师。妻房子，四年前同我结婚，今年二十七岁，尚无孩子。我在这里特请阁下注意的是，妻子有歇斯底里的症状。这种病结婚前后最厉害，精神忧郁，一时间连和我交谈都没办法。不过，近年极少发作，情绪也比以前愉快多了。然而，从去年秋开始，她精神上又发生一些动摇，最近老是有异常言行，好多事弄得我一筹莫展。至于我为何一个劲力陈妻子的歇斯底里，这和我对奇怪现象的解释有某种关系，关于这一点，姑且放在后面详细说明。

那么，我和我的妻子所出现的幻觉的事实，是怎样的情况呢？至今大体发生过三次，现在一一参考我的日记，尽可能准确地记载下来，以供参阅。

第一次，去年十一月七日，时间约在晚上九时和九时半之间。当天我和妻子二人出席有乐剧院的慈善义演音乐会，干脆明说了吧，入场券是我朋友夫妇买的，因临时有事去不了，好心让给我们的。关于音乐会本身，没有必要说得那么详细。实际上，我对音乐舞蹈一概没兴趣，可以说完全是为了陪伴妻子才去的。大部分节目都使我感到无聊，因此，尽管我想多说几句，可始终缺少这方面的材料。根据我的记忆，中场休息前，有一段"宽永御前赛"[1]的说书故事。当时我的内心，是否有期待发生某种事件的心理准备呢？但这种担心，一旦听了"宽永御前赛"这段故事，或许也该一扫而光了吧。

---

1　宽永年间，在三代将军家德川家光面前举行的古今未曾有的武术大比试。

剧场休息时，我即刻把妻子留下，独自溜出走廊去小解。不用说这个时辰，褊狭的走廊上已经挤得水泄不通。我钻出人群缝隙，从厕所回来，沿着那变成弧形的走廊，当走到玄关前的时候，我的视线像预料的一样，自然落在背靠对面走廊墙壁的妻子身上。妻子在明晃晃的电灯光下有些目眩，她小心地低下眉，向我这里侧着脸，静静站立着。不过，这也没有什么奇怪。我碰到了可怕的瞬间，几乎使我的视觉，同时又是我的理性的主权，刹那间粉碎了。当时，我的视线，偶然——与其这么说，其实是出于超越人的智力的某种隐微的原因——投射到站在妻子身旁的一个男人身上。这个男人就站在我原来的位置上。

阁下，我当时才认清这个人就是我自己。

第二个我同第一个我一样，都穿着羽织外褂，和第一个我套着相同的宽腿裙裤。而且，和第一个我打扮得一模一样。假若他面对我而站，恐怕他的脸也会和我相同。我真不知道如何形容我当时的心情。我周围众多的人，不断地走来走去。我头上众多的电灯，照耀得如同白昼。可以说，我的前后左右都具备着同"神秘"难以两立的一切条件，不是吗？其实，我是在这样的外界之中，突然看到眼前这种"存在以外的存在"的。我的错愕为此变得更加惊奇，我的恐怖为此变得更加可怕。假如妻子没有抬眼对我一瞥的话，我就会惊恐地大叫，以唤起周围对这奇怪幻影的注意。

然而，妻子的视线同我的视线幸好合在一起了。就这样，几乎同时，第二个我就像玻璃迅速出现裂纹，眼看着从我的视野消失了。我就像个梦游病患者，茫然地走近妻子。可是，看来妻子眼里并没有出现第二个我。我一走到她身边，她就用寻常的语调说："去了这么久。"然后瞧瞧我的脸，问道，"出什么事啦？"我想我当时肯定面如死灰。我一边擦冷汗，一边在犹豫是否要将我见到的这种超自然的现象对妻子挑明。我望着妻子担心的神色，应当如何对她说明呢？当时，为了不使妻子过于担心，我下定决心，关于第二个我的事一概闭口不谈。

阁下，假如妻子不爱我，我也不爱妻子，我怎么会下这番决心呢？我敢断言，我们过去是打心底里互敬互爱的。但是，世人不承认这一点。阁下，世人不承认妻子是爱我的。这真是可怕的事、耻辱的事。在我看来，我爱妻子这件事遭到别人的否定，再没有比这更屈辱的事情了。而且，世人更进一步怀疑起我妻子的贞操来了。——

我因感情过于激动，不由笔端滑入了歧路。

自那天晚上以后，不安侵袭了我。正如前面所列举的实例一样，幻觉的出现，每每预告着当事人的死亡。然而，居于那种不安之中，我竟然也平安无事地度过了一个月的天数。于是，就在这种心境中迎来了新年。我当然没有忘记第二个我。不过，随着日月的过去，我的恐怖与不安逐渐缓和。不，实际上，有时我索性就将一切都当作幻觉处理了。

这样一来，仿佛是特意惩戒我的疏忽，第二个我又一次出现在我的眼前。

那是一月十七日，正巧是星期四接近正午发生的事。当天，我在学校里，突然一位老同学来找我，下午正好没有课，我们便一起走出校门，到骏河台下一家饭馆去吃饭。骏河台下，正如您所知，十字路口附近悬着一只大钟，我们下电车时，突然发现那只大钟的针指着十二点一刻。当时对于我来说，以下雪的铅灰色的天空为背景，大钟白色的圆盘一动也不动，总感到有些害怕。根据某些情况看，说不定这就是那种前兆。我突然被一种恐怖所袭击，不敢再看大钟一眼，迅速将目光转向隔一条电车线路的对面中西屋前的车站上。我看到大红柱子前边，我和我的妻子不是肩并肩亲密地站在那里吗？

妻子穿着黑色外套，围着黄褐色丝巾。她对身穿灰色外套、头戴一顶礼帽的我，即第二个我，正说着什么。阁下，那天的我，正是穿戴着灰色外套和黑色礼帽。我是用充满恐怖的眼睛看着那两个幻影啊！也是以满怀憎恶的心情看着啊！尤其是看到妻子撒娇地盯着第二个我的面孔时——啊，这一切都是可怕的梦呀。我已经没有勇气再现当时我的位置了。我不由得抓住同学的手腕，丢了魂似的站在人行道上。当时，护城河线电车正从骏河台方向朝斜坡下轰隆隆地驶过来。挡住我视线的，可以说完全是神明的暗中相助。趁着这时候，我们正好跨过护城河线向对面横穿过去。

　　不用说，电车很快就从我们面前开过去了。但是之后遮住我视线的，只有中西屋前那根红柱子。两个幻影被电车挡住的一刹那，就看不见了。我催促着面带惊讶的同学，一边将不可笑的事当成笑话谈论，一边故意大踏步走过去。那位同学在后面一个劲说我疯了，想想当时我的异常行为，难怪他会有这样的看法。然而，我发疯的原因一旦被认为是妻子品行不端造成的，那就只能是对我的侮辱。最近，我给那位同学寄去了绝交信。

　　我在忙着记录事实之余，没有想到要证明当时的妻子只不过是妻子的双重人格的表现。当天正午前后，妻子确实没有外出。不但妻子自己这么说，我家里的下女也是这么说的。而且从前天起，妻子说她头痛，不可能马上外出。这样看来，当时映入我眼帘的妻子的身影，不是一种幻象又是什么呢？当我问妻子有没有外出时，她睁大眼睛说"没有"，她的表情我至今还记得很清楚。假如像世人所说的，妻子欺骗了我，那她绝不可能装扮出孩子般天真的表情来的。

我在相信第二个我客观存在之前，怀疑自己的精神状态，是理所当然的事。不过，我的头脑一点也不混乱，既能睡得安稳，也能用功学习。自从第二次看到第二个我以来，我动辄就会大惊小怪。不过，这是接触了奇怪现象的结果，断不是原因。无论如何，我都必须相信这种存在以外的存在。

但是，我当时还是没有对妻子提起那幻影的事。假如命运允许的话，我到今日依然会选择闭口不提。然而，执拗的第二个我，又第三次出现于我的眼前。这是上周周二即二月十三日午后七时前后的事。我当时觉得非得将这一切对妻子说明白。除此之外，再没有减轻我们不幸的手段了，这一切实在出于无奈。不过这件事以后再谈吧。

那天，我正好当班，放学后不久，因急性胃痉挛发作，在医生的劝告下，乘出租车回家了。从正午起，风雨交加，在接近家门口时，雨开始变得更猛烈。我在门前匆匆付了车钱，冒雨跑进玄关。玄关的格子门像平时一样，从里面上了闩，但我从外面把门闩拔开，很快打开格子门走了进去。因为雨下得很大，听不到格子门的响声，没有一个人出来迎我。我脱了鞋，将帽子和大衣挂在衣钩上，打开同玄关隔了一间的书斋的障子门。按习惯，我走向厨房时，总是将教科书和装其他物件的手提包放在那里。

这时，我的眼前突然出现了意外的光景。北边窗前的书桌，桌前的转椅，以及周围的书架，这些东西自然都没有什么变化。可是，斜对面站在桌边的女子，以及坐在转椅上的男人又是谁呢？阁下，那时我看到了第二个我和第二个我的妻子就在咫尺之间。我纵然想忘掉当时的恐怖，也忘不掉了。我站在门边，望着两人面对书桌而立的侧影。窗外照射进来的清冷的阳光，让他们的脸上都留下了强烈的明暗。在他们面前那盏戴着黄绢灯罩的电灯，在我看来几乎是全黑的。这是多么深刻的讽刺！他们正在翻阅我记录下奇怪现象的日记。那日记本是摊开在桌上的，我一下就注意到了。

我一眼瞥到这番光景时，记得我从嘴里不自觉地吐出了连我自己都感到莫名其妙的喊叫声。随着这一声喊叫，两人的幻影同时朝我看过来。假如他们不是幻影，我就能从一个妻子那里得知我当时的表情是如何的了。这自然是不可能的事。我当时确乎记得，除了感到剧烈的眩晕之外，别的什么也没有。我就那样倒在了那里，神志不清。妻子听到响声，从厨房跑来时，那受诅咒的幻影已经消泯了。妻子让我在书斋里躺下，迅速找来冰袋敷在我的额头上。

我恢复正常之后，过了半个小时，妻子见我从昏迷中清醒过来，突然失声痛哭。这时候，我的话她怎么都听不进去。"你是在怀疑什么吧，对吗？要是这样，为什么不对我讲清楚呢？"妻子一个劲地埋怨我。阁下也知道，世上的人是怀疑妻子的贞操的。此时，这事情已经传到我的耳里了，恐怕妻子也不知从谁那里听说过这种可怕的传闻吧？从妻子的言语里，似乎她认为我也有这样的怀疑。为此，我浑身颤抖起来。妻子或许以为我一切异常的言行举止都出自于这种怀疑。如果我再保持沉默，那就没有比这更令妻子发窘的了。因此，我一边尽量不使额头上的冰袋滑落下来，一边静静望着妻子的脸，低声说："原谅我吧，我有事瞒着你呢。"于是，我把第二个我三次出现在我眼前的经过，尽可能详尽地诉说了一遍。"凭我的想象，世上的传言无非是有人看到第二个我和第二个你在一起，然后再捏造个故事来。我坚决相信你，你也要信任我。"接着，我又有力地加了一句。但妻子是个弱女子，她成为世间怀疑的目标，是件多么痛苦的事啊！看来出现幻觉这种现象，是因为解疑而变得过于异常的缘故吧。妻子伏在我的枕畔，一直啜泣不止。

鉴于此，我向妻子举出上述种种实例，谆谆告诫她，这种幻觉存在的可能性。阁下，像妻子这样一个具有歇斯底里特质的女人，最容易出现这类奇怪的现象。例如，著名的梦游症患者奥古斯特·穆勒（Auguste Muller）等，就屡屡出现双重人格。但这种场合，是在梦游症患者的意志下出现的幻觉。然而，妻子丝毫没有这样的意愿，所以，她本不该受到责难。退一步说，即使凭这一点能说明妻子的双重人格，我也会抱有怀疑，认为不大可能。不过这些并不是困难得无法解释的问题。为什么呢？因为人们有时有能力表现自己以外的其他人的双重人格，这是无可置疑的事实。F. F. 巴特尔给维尔纳医生的信中公开地说，埃卡德[1] 弥留之际，就出现了他者双重人格的能力。由此可见，第二个疑问和第一个疑问一样，关系到妻子到底有没有意愿这样做。所以，论其意志的有无，似乎是极不确定的事。诚然，妻子肯定没有意愿想表现幻觉，然而，她把我的事始终放在心里，或者总想和我一起到哪儿。妻子具有这样的特质，同出现幻觉的意志，正巧有着相同的结果。这是未曾想到的事。至少，我认为是这样的。何况，我妻子也有过二三次这样的事例，不是吗？

我把这类事讲给妻子听，借此安慰她。妻子好容易想通了，然后说："只是苦了您啦。"她一直凝视着我的脸，随即揩干了眼泪。

阁下，我过去自己身上出现的我的双重人格的经过，大致就是前面所说的这些。我把这件事当作是我和妻子之间的秘密，至今对谁也没有泄露过。然而，如今已经不是那个时候了。世间都在公然嘲弄

---

1　疑为约翰内斯·埃卡德（1553—1611），德国作曲家，作品多以宫廷和教会音乐为主。

我，而且开始憎恶我的妻子。现在这时候，其至将我妻子的不轨行为编成歌谣，在我住宅前后传唱不已。我对此怎能默然无视呢？

但是，我对阁下诉说这些事，不单是因为我们夫妇无端地受到了侮辱，而且还因为忍耐此种侮辱的结果，将使妻子的歇斯底里愈益严重。歇斯底里一旦加剧，也许幻觉的出现就会越发频繁起来。这样一来，世间对妻子的怀疑就会越来越大。我不知道如何才能摆脱这种 dilemma[1]。

阁下，处在这种情况下，依靠阁下的保护，便是今后唯一的出路。请相信我所说的事实吧。请同情我们这对受到世间残酷迫害的夫妇吧。我的一位同事当着我的面，喋喋不休地大讲报上刊载的有关通奸的案件。我的一位前辈给我写信，暗示妻子行为不端的同时，又不动声色地规劝我离婚。还有，我教的学生不但不认真听我讲课，还在我上课教室的黑板上画了我和妻子的漫画，下面注着"可喜可贺"。这些还都

---

1　英语：困惑，两难境地。

是和我有些来往的人的所作所为。而纯粹对他人的事枉加侮辱的人更不在少数。有的寄来匿名信，将妻子比作禽兽。有的在住宅的黑墙上，大耍超出学生以上的手腕，画画写诗。还有更大胆的，潜入我的内庭，窥探我和妻子是否一道儿吃晚饭。阁下，这哪里是人干的事！

阁下，我写这封信，就是想说说这些事情。至于官署应该如何对待凌辱和胁迫我们夫妻的那些人，那自然是阁下的问题，不是我们的问题。但我确信，贤明的阁下必定会为我们夫妻最恰当地行使阁下的权能。为使昭和时代不负有不祥之名，务请阁下尽到自己的职责。

倘有何疑问，我们将随时到官署听命。专此呈请，就此搁笔。


## 第二封信


警察署长阁下：

阁下的怠慢给我们夫妇带来了最后的不幸。我的妻子昨日突然失踪，不知还会发生什么事。我精神危殆。妻子承受不住世间的压迫，说不定会自杀。

世间终于杀害了一个无辜的人。就这样，阁下也成了一名可恶的帮凶。

我今天打算不再住在这个区了。在毫无能耐的阁下这样的警察管辖下，怎么还能安心住下去呢？

阁下，我前天辞掉了学校的教职。今后，我将全力从事超自然现象的研究。阁下恐怕同一般世人一样，对我的这一计划报以冷笑吧？但是，以一个警察署长的身份，否定超自然的一切，不是很可耻的事情吗？

阁下，您将来一定会觉得人类的无知吧？例如阁下麾下的刑事警察之中，患有阁下做梦都没有想到的传染病的人很多。尤其是通过接吻迅速传染这一事实，除我之外，没有一个人知道。这个例子就足以打破阁下傲慢的世界观。……

※

还有，下面写了好多几乎没有什么意义的哲学性质的事，无关紧要，这里就省略不谈了。

大正六年（1917）八月十日

# 蛙

我现在躺着的地方，旁边是一个古老的池塘，里面有很多青蛙。

古池周围长满了茂盛的芦苇和菖蒲。芦苇和菖蒲对面，一排排高大的白杨树优雅地在风里抖动。再远一些，是夏季静谧的天空，不知何时镶上了玻璃般的细碎云彩，闪闪发光。所有这些都映照在池水里，比实物更好看。

青蛙在池塘里，一天到晚不停地鸣叫，格唠唠，嘎啦啦。仔细一听，只有咯啰啰，嘎啦啦。其实，它们正在开讨论会，青蛙们谈论的不限于伊索时代。

其中，一只趴在芦叶上的青蛙，摆出一副大学教授的派头，说：

"水为何而存在？是为我们青蛙游泳而存在。虫为何而存在？是为我们青蛙提供食物而存在。"

"咳呀，咳呀。"池中的青蛙大声呼喊。水池映着天空和草木，青蛙几乎盖满池面，赞成的呼声自然是浩大无边。这时，正在白杨树根边睡眠的蛇，被那咯啰啰，嘎啦啦的喧闹声吵醒了。它抬起镰刀样的脑袋，朝水池瞥了一眼，困倦地吐了吐信子。

"土地为何而存在？是为生长草木而存在。那么，草木为何而存在？是为我们青蛙遮荫而存在。因此，整个大地不就是为我们青蛙而存在的吗？"

"咳呀，咳呀。"

蛇第二次听到赞成的声音，急忙将身体像鞭子般猛地一甩，接着慢慢爬进芦苇丛里。它睁大黑黝黝的眼睛，时刻注意池子里的动静。

芦叶上的青蛙依然张着大嘴，高谈阔论：

"天空为何而存在？是为悬挂太阳而存在。太阳为何而存在？是为我们青蛙曝背而存在。因此，整个天空不就是为我们青蛙而存在的吗？既然，水、草木、虫、土地、天空和太阳都是为了我们青蛙而存在，那么森罗万象尽皆为我们而存在这一事实，早已没有任何值得怀疑的余地了。我要将这一事实对诸位说明白，同时，要向为我们创造全宇宙的神祇表示衷心的感谢。神的威名可歌可赞。"

青蛙仰望天空，忽地转动一下眼珠，接着又张开大嘴，说：

"神的威名可歌可赞……"

这句话还没有完，蛇头已经猛地伸了出来，说时迟那时快，这只雄辩的青蛙眼见着被蛇一口咬住。

"嘎啦啦，不得了啦！"

"咯啰啰，不得了啦！"

"不得了啦！咯啰啰，嘎啦啦。"

池子里的青蛙吃惊地呼喊着，蛇衔着青蛙躲在芦苇里。其后的骚动，恐怕是这个池塘被开凿以来从未有过的事。我听其中一只年轻的青蛙哭诉道：

"水、草木、虫、土地、天空和太阳，都是为我们青蛙而存在的。那么，蛇又是为什么而存在的呢？蛇也是为我们而存在的吗？"

"是的，蛇也是为我们而存在的。蛇要是不吃我们，青蛙肯定会多起来。一旦多了，池塘必然变得狭窄。所以，蛇要来吃掉我们。被吃的蛙，只当是为大

多数蛙的幸福奉献牺牲好了。是的，蛇也是为我们青蛙而存在的。世界上的一切，都是为青蛙而存在。神的威名可歌可赞。"

这是我听到的一只年老青蛙的回答。

大正六年（1917）九月

## 女体

夏天夜晚，天气燠热，中国人杨某一觉醒来后，趴在床上，支着下巴，沉浸于无限的冥想之中。忽然，他看到一只虱子沿着床沿爬着。屋里点着灯，灯光昏暗，虱子小小的脊背闪耀着银粉般的光亮。它似乎瞄准睡在近旁妻子的肩膀，悠悠地向前爬动。妻子光着膀子，从刚才起，脸孔就对着杨这边，安详地吐着鼻息。

杨一面注视虱子迟缓的脚步，一面想这种虫的世界究竟是怎样的呢？自己两三步就能到达的地方，虱子花上一小时也未必能走到。而且，它们活动的天地，只限于这张床席之上。如果自己是一只虱子，那得多么无聊啊……

他漫然思忖着这些事，不知不觉中，杨的意识渐渐朦胧起来。他当然不是做梦。不过，说现实也不是现实。只是奇妙地、似是而非地沉沦于恍惚的心境里。不一会儿，杨猛地清醒过来，他的灵魂进入了虱子体内，在汗气充盈的寝床上蠕蠕然向前爬动。杨感到事出意外，不由得茫然停住脚步。然而，使他惊奇的事不光这一件。——

他的前方，有一座高山。那座山浑圆暖抱，从目不可及的上方，如巨大的钟乳石垂挂下来，直达眼前的床席之上。那接触床的部分，其中似乎藏着一团火气，呈现着艳红的石榴粒般的造形。除此之外，山体圆润，不论看哪里，无处不白嫩，白中又透着凝脂般的柔滑。那滑腻的白色，使得山腹缓缓的谷地也如映雪的月光一般，微微蕴含着一痕青影。承受着光的部分，带着消融的鳖甲色的光泽，于遥遥天际中，描画出任何山脉都看不到的一弯美丽的曲线。……

杨圆睁着惊叹的眼睛，眺望着这座美丽的山峦。啊，当他知道这座山是他妻子一侧的乳房时，他的惊奇竟会达到如何的程度啊！他忘记了爱，忘记了憎，也忘记了性欲，只是守望着这座象牙山似的巨大的乳房。惊叹之余，他也忘记了床席的汗臭，呆然地一直

凝固不动。——杨变成虱子，才能如实观察到妻子
的肉体之美。

　　但是，在艺术之士眼里，像虱子那样所能看到
的，不仅是一个女体之美。

大正六年（1917）九月

### 爱好文学的家庭

我家代代虽是接待僧[1]出身，父亲母亲都是没有
什么特征的平凡人。父亲喜欢唱一中小调[2]以及下围
棋、玩盆栽和俳句等，但哪一样也不精通。母亲是津
藤家[3]的外孙女，知道很多古代故事。此外，有一位
伯母特别照顾我，一直到现在。家中，这位伯母不但
长得最像我，许多想法也和我相同。如果没有伯母，
真不知是否会有今天的我。

说起搞文学，家里谁也不反对，父母和伯母都
相当喜欢文学。假若要当实业家或工程师，说不定反
而会遭到反对。

---

1　原文"御奥坊主"。江户时代，于中奥（将军休息之所）管理茶室、为
将军献茶；出外则接待登城诸侯、侍候食宿的僧人。

2　原文"一中节"，日本古典俚曲之一种。

3　细木藤兵卫，江户后期富商，与其子香以（1822—1870），通称津藤。
芥川龙之介母亲和养父芥川道章的祖上。

　　小时候我看了好多戏剧和小说。早先的团十郎、菊五郎、秀调[1]等，也都还记得。我开始看戏，正值团十郎扮演斋藤内藏之助[2]，但我记不清楚了。我听家人说，当时内藏之助牵着马刚走上花道[3]，我就在高台观众席上坐着的母亲的背上高兴得大叫："啊，马！"那时我才两三岁吧。真正的小说，最开始读的是泉镜花的《化银杏》。不过，在那之前读完了《倭文库》和《妙妙车》[4]。这已经是读高小以后了。

---

1　市川团十郎、尾上菊五郎和坂东秀调，均为世袭歌舞伎演员，屋号分别为成田屋、音羽屋和大和屋，代代袭名相传而至于今。

2　斋藤利三（1534—1582），日本安土桃山时代的武将，初仕织田信长，后投奔明智光秀，赢得武名。后为丰臣秀吉所杀。

3　歌舞伎舞台连接观众席，供演员登场和观众为演员献花的通道。

4　《释迦八相倭文库》，一般读物，万亭应贺作。《童谣妙妙车》，儿童读物，柳下亭种员、三亭春马、柳亭种彦作，歌川国贞画。

### 文艺杂话——饶舌

海涅曾经说过，德国的幽灵比起法国的幽灵更为不幸。日本和中国的幽灵之间，也有很大差别。第一，日本的幽灵不善交际，亲近起来也不令人愉快。最厉害之处便是身份，即使再三膜拜，依然被敬而远之。然而，中国的幽灵，富有教养，深懂得义理人情，较之生人更易相处。如以此言为虚，可读一部《聊斋志异》。数百长篇短札中，随处都有这样的幽灵出现。凡做女鬼之处，即便如泉镜花笔下女主人公着中国服者亦非罕见。

日本以怪谈为题材的作品，《雨月》[1]最著名。但

---

1　指日本怪诞小说《雨月物语》，作者为上田秋成。

其文品稍感卑俗，一如萧白[1]之画多俗恶、奇峭之处，奈之若何？而秋成[2]之《春雨物语》，则非凡手所能写出。尤其是《血衣》《海盗》等短篇，放之四海均不逊色。文章简劲，颇有苍古之趣。据说谷崎润一郎君每当头脑不好读一读《海盗》，就会感到神清气爽。

集众多故事于一身，古代之中，我以为《今昔》最有意思。文章和素材皆严整紧凑。我等阅读此书，较之新刊英译小说所得甚多。

前面提到的《聊斋》，似出自乾隆中叶，比起《今昔》更为新近。但《今昔》和《聊斋》，二者皆载有相类似的故事。例如《聊斋》中种梨的故事，从大体的情节上看，和《今昔》中的《本朝第十八卷·以

---

1　曾我萧白（1730—1781），江户时代画家，京都人。他学习狩野派绘画，而后形成自己怀旧的室町水墨画风格。其最为著名的，是取材自中国传奇和民间故事人物肖像画和风景画。

2　上田秋成（1734—1809），江户时代歌人、读本及浮世草子作家、国学家。少年因病致残，成年后爱好文学。及至暮年，双目几近失明，仍勤于写作，终客死友人家。生前自立墓碑，沉旧稿于井底。所作《雨月物语》和《春雨物语》等，多以中国古代传奇、民间故事为题材，讽喻日本现实社会，抒发胸中淤积与愤懑。

外术破盗食瓜语》如出一辙。以梨易瓜，几乎完全相同。这样看来，或许是日本的故事输入到中国去了。

不过，这些故事的性质，皆属中国风格。那么，这些故事的prototype[1]，是不是最早起始于中国，最先由日本输入进来的呢？若有人抽暇考证一番，是很有意思的事。顺便说说，《聊斋》里的凤阳士人这则故事，与《今昔》里的《本朝第二十一卷·常澄安永于不破关梦见京妻语》一则极为相似。

再顺便说一件，《聊斋》里《诸城某甲》的故事，写战乱中头部负创之人，后因大笑而头颅落地。同样的构思亦见于西洋人中。阿普列乌斯[2]笔下的第一个还是第几个被魔女斩首的男人，第二天欲饮甘泉而头颅落地。但"头颅落地的故事"材料来自《聊斋》。

---

1 英语：原型。

2 阿普列乌斯（约123—约180），古罗马作家、哲学家。主要作品有《变形记》（后改为《金驴记》）等。

翻译中国故事，明治以后有依田学海、今井喜美子女士。直到后来，还有《中国奇怪集》的作者。似乎都不是同一个人，同一本书里也因故事不同而大有参差。读之有味者，亦不如泉镜花《樱草》中的故事。记得翻译《奇情雅趣》中的故事，倒是颇为殊巧。

翻译中国书全然使用国文，则愚蠢至极（虽使用同一汉字，但一点也不适用之）。最近出版的日译《西厢记》等，丝毫未得原作之意味，或因译成七五调等国文之故也。"风静帘闲，透纱窗麝兰香散，启朱扉摇响双环。绛台高，金荷小，银钉犹灿。比及将暖帐轻弹，先揭起这梅红罗软帘偷看。"这一段译作"轻风吹动帘子"等语，到底无法再现原作之美。

当然，因为难译，又是未能发觉其中有多大意思的杂剧，故没有一味迎合原作的必要。但因是序言，故引以为例。

总之，中国的幽灵都很可爱，唯有缢鬼不值得

同情。因为教唆人上吊，颇为阴险。尤其读俗书《拍
案惊异记》，此鬼已是动物。之所以是动物，并非缢
鬼所变，而因缢鬼本来就是动物。据说是毛发浓密的
小人模样，无疑是《傻子伊凡》[1]中的小恶魔。这样一
来，与之共伍，实乃不愉快。

说到动物，狐狸一般变化自如的先生也好，《夜
谭随录》[2]中那个襁襋[3]的家伙如果无所不在，倒也是
难得的宝贝。"通体乌黑，无头，无面，无手足。唯
二目雪白，一嘴尖长如鸟喙"，完全可以送到酒馆派
用场。因为是怪兽，给它酒瓶和金钱，让它夜间进
入闭锁的酒馆里去，放下钱拿回酒来。但是怎么量酒
呢？可倒也没有多拿或少拿酒来呀。

有了这个倒是便利。庄子以来，有名的大鹏因
大而为害。一旦飞上天空，边飞翔边撒粪，致使一村

---

1 列夫·托尔斯泰取材于俄罗斯民间故事的童话集。

2 清代笔记式短篇志怪小说，凡四卷，作者和邦额，乾隆年间人。

3 无知、不懂事。

皆埋于粪中。然而，待从粪里将全村掘出，鹏所食虾和鲷鱼依然活蹦乱跳，抑或并无损也。但比起阿拉伯的大鸟，甚不合规矩。

以上"鹏粪"事出自袁随园，赵瓯北之通臂猿亦于"痴"这一点上颇为出色。此猿两臂如衣纹竹，左右皆可延长二倍。此外，一臂延长时，另一臂手腕可缩至肩头。有人将它错误地看作长臂猿了。《水浒传》中以此猿作为诨号的侯健，他本是个裁缝。这是谁都知道的。某书中说，有位蛮僧的腕子亦如通臂猿，可伸可缩。然书名忘记了。

说到动物，有些事值得回忆。上小学时，老师发给每个学生一张白纸，要大家分别画一个"可爱的动物"和"漂亮的动物"。我在前一栏里画了一头象，后一栏里画了一只蜘蛛。象的可爱，为多数人所共感，而蜘蛛，我当时见到体大的女郎蜘蛛[1]，一心以为

---

1　日语一名"络新妇"，日本神话中变成美女而噬人的女妖。

它最漂亮。不过，老师批评说：象只是个儿大，并不可爱；蜘蛛有毒，也不算漂亮。那位老师要是现在还活着，我以为可以当文艺评论家。

写小说也是从那时开始的。不用说，小说场面宏大，仿照《鲁滨逊漂流记》，流落于无人岛之上，射死大蟒蛇什么的，竟是一些勇敢活泼的冒险故事。长度相当于十章半纸[1]，卷首插图是一张刻印着用红蓝墨水描绘的无人岛地图。普通初中到高中一年（相当于现在普通中学五年级），我和同学一起办杂志，轮流阅览。刊登一些"春天游乐"或"中秋赏月"之类的作文，每期采用五六篇文章。"大彦"的年轻老板[2]等，当时都是同学，煞有介事地用"都都逸[3]"的调子写起小说来，其中有"小舟出航残烟迷"之类的文句。有时候，阅读一下德富芦花的小说什么的，或许也从那时候开始。

---

1　用于书写毛笔字的日本纸，幅宽约合十六开。

2　日本桥"大彦"服装店老板的长子野口功造，为作者普通小学附属幼儿园园友。

3　表达男女爱情的流行歌谣。

读的都是立志谈，主人公大多是穷人家的孩子，夜间读书无灯油，没钱供养父母，每日叫卖纳豆。净是这一类的书。于是当时我产生了奇怪的想法：父母越穷越好。同时，我自己也打草鞋，砍柴，一心想学习立志传。成人之后，相互谈起此事，有类似想法的，何止我一人。原来小时候，谁都有过浪漫的年代。

那种浪漫到达顶点的结果，正如我读过的，描写加菲尔德[1]小时候，吃鸡蛋连蛋壳一起吃，于是就向他学习。后来和同学二人将学校窗帘撕破时，便单独一人承担过错。这种表现颇为豪气。我到老师那里说："老师，我一个人把窗帘撕破了。"说罢很不好意思。这件事现在想想，实在很拙劣。与此相比，不如每日到干果店偷些豆果来，在学校里用豆子打仗玩更高尚得多。

---

1  詹姆斯·艾伯拉姆·加菲尔德（1831—1881），美国第二十任总统，数学家。后遇刺身亡。

后来承蒙租书店的恩惠，从那时到初中三四年级的一段时间，借来平田笃胤关于稻生平太郎等人的回忆录抄本阅读，觉得最有意味。如今，日本的妖怪至少富有发明的才能，在这一点上，那本书里的魔鬼的表现最为非凡，好几个魔幻虚无僧进入家中也颇有意思。尤其那节肢动物般的腿，宛若曲尺连接着众多的关节，从房屋一隅一条条伸出来，弯弯曲曲伸向各个拐角处。此种手腕实在令人敬服不已。有个名字似乎叫作山本五郎右卫门[1]的人，听说还有个同类叫神野恶五郎的，这里只举出名字来。"山本"读作"sanmoto"，"神野"读作"shinno"，大概属于魔界的发音法[2]吧。

---

1 日本动漫中有叫作山本五郎左卫门的妖怪人物，这里疑为作者笔误。

2 按照通常的发音，"山本"读作"yamamoto"，"神野"读作"kanno"。

# 京都日记

## 光悦寺

去光悦寺一看，本堂旁的松林中，立着两座小屋。看那寂静无声的样子，又不似仓库之类的建筑。其中的一座，居然悬着大仓喜八郎[1]书写的匾额。我抓住陪伴我的小林雨郊君，问他："这是什么？"他回答："光悦会建的茶席[2]。"

我立即对光悦会反感起来。

"那帮家伙，还不是想让光悦任意听他们摆布吗？"[3]

---

1 大仓喜八郎（1837—1928），日本实业家。幕末维新时，以贩卖武器而获成功。兴办大仓组，开展进出口贸易，奠定大仓财阀基础。创办大仓商业学校（东京经济大学）。

2 举办茶会的客室。

3 本阿弥光悦（1558—1637），江户初期艺术家。与松花堂昭乘、近卫三藐院，并称"宽永三笔"。亲茶道，亦长于制作"乐烧"（一种手工捏制的铅釉陶瓷）。

小林君听我在说怪话，嘿嘿地笑了。

"有了这座小屋，鹰峰和鹫峰相联结的地方就看不见。其实，比起建茶席，倒不如将那片杂木林砍了去。"

我顺着小林君阳伞指着的方向望去，果然不错，初夏时节，那里旺盛生长的杂木林梢顶，翁翁郁郁，浓密地遮蔽了鹰峰左侧的山麓。要是没有那片杂木林，不仅山峦，对面光闪闪的大竹林也能看得十分清楚。比起建茶席，那样无疑省事得多。

接着，我们两个到厢房去看住持和尚珍藏的宝物。其中有一幅八寸见方的小挂轴，银色的桔梗和金色的茅草杂然相混的花纹底上，用漂亮的手迹写着一首和歌。茅草叶子垂挂下来，那情景特别有趣。小林君是专家，他请住持悬挂在壁龛的柱子上。"好了，银色花纹也照出来了。"他嘴里在说着什么。我抽着敷岛牌香烟，本来还在生气，眼下看见那幅画，心情随即平静舒畅下来。

过了一会儿，住持和尚转向小林君，说了这样一件事。

"要不多久，还会建另一座茶席。"

小林君听了，似乎有些惊讶。

"还是光悦会吗？"

"不，是私人。"

我不再生气，心情变得颇为奇妙。究竟要怎么对待光悦？又怎么对待光悦寺？顺便再问一下，怎么对待鹰峰？这样一来，我彻底弄不明白了。要是再建一座茶席，那不如干脆购买下来，建造个茶屋四郎次郎[1]的宅邸，种上一片麦田，再圈起一道道围墙。然后还可以在茶席门上挂起一排灯笼来。要是那样，我一开始就根本不会来什么光悦寺。那样的话，谁还肯来？

后来走到外面，小林君说："幸好来了一趟。要是再建一座茶席，岂不更糟啦。"要是这样想，那确实来对了。但是，早先一座茶席也没有的时候，我们没有来，不是更加遗憾吗？——想到这里，我依然气呼呼的，便同小林君一起离开了背依竹林的寂寞的光悦寺山门。

---

1　日本安土桃山时代到江户时代期间，京都的世袭富商。

# 竹

　　一个雨霁的夜晚，乘车通过京都大街的街道。不一会儿，车夫问："到哪里去？""要去哪里呀？"去哪里，肯定是去旅馆了。"旅馆，旅馆。"我在油布雨衣后回答了他两次。车夫说他不知道那家旅馆，站在道路中央，不动了。经他这么一说，我立即没了主意。旅馆的名字是知道的，但不记得哪条街第几号了。而且那名字极为平凡，仅凭名字，就算是多么聪明的车夫，也很难找到那里去。

　　正在发愁时，车夫脱掉油布雨衣，问道："是不是这里？"就着灯光望去，车前面有一片竹林，黑暗中万竿青竹，枝叶簇簇，湿漉漉地闪着寒光。我对他说："跑得太远了，不在这乡村里。拐过两条横街，就在四条大桥那块地方。"听我这么说，车夫一愣，回答说这里也是四条附近。"哦，是吗？那么再稍稍走到热闹地方看看，说不定就明白了。"我也胡乱应付了一番。于是，车子又向前走动了。拐过一条横街向左走，突然来到歌舞练习场前，真是出乎意外。正值"都踊[1]"时节，两侧各挂着一排祇园团子的灯笼，红光远射。我起初以为刚才那片竹林是建仁寺，但做梦也未曾料到，那片拂去黑暗的竹林，竟然同这条欢闹的花街柳巷相向而在。其后，一路顺利到达旅馆。当时那种仿佛中了邪的恍恍惚惚的心境，至今依然记得很清楚。……

自那之后，我便留意起来，京都近郊到处都是竹林。不论哪条热闹的街道，唯有这竹林，是绝不可忽视的。走过一排房舍就是一片竹林，紧接着又是一处街衢。尤其像前面提到的建仁寺的竹林，每当我再经过祇园的时候，必然棒喝般地跳到我的眼前。……

不过，看得多了就有些奇怪，丝毫感觉不出京都竹林的刚健之气。那是生息于街道的亲切的竹林，就连根部吸收的水分，也仿佛散放着脂粉的清香。若再加以形容，这种竹子似乎生来就是为了攀上琳派[2]画工的笔端。要是这样，生在城镇里，自然毫无问

---

1　京都祇园艺妓甲部歌舞会，每年四月，在祇园花见小路歌舞练习场，举办为期一个月的舞蹈公演。始创于明治五年（1872年）京都博览会期间。
2　江户时代绘画流派之一。以俵屋宗达、本阿弥光悦为鼻祖，尾形光琳为集大成者。画风以色彩鲜丽，巧用金银箔为特色。

题。但生在祇园的正中央，犹如光悦的莳绘[1]，两三根粗壮的竹子玉立其中，则更显得风姿绰约。

枝叶青青，竹根裸露春雨中。

我去大阪，龙村先生[2]让我写点什么，于是想起京都的竹子，便写下了这首俳句。如此众多的京都竹子，倒也很适合长在京都这个地方。

## 舞妓[3]

在上木屋町的茶屋饮酒，那里有一个艺妓，一味地瞎胡闹，让我也躁狂起来。我有些害怕，就把她让给小林君，转向旁边的一个舞妓。她倒很老实，正

---

1. 漆工艺技法之一，产生于奈良时代，以金、银屑加入漆液中，干后做推光处理，显示出金银色泽，极尽华贵，时以螺钿、银丝嵌出花鸟草虫或吉祥图案。
2. 龙村平藏，明治三十九年（1906）在京都创立龙村织物制织所。
3. 舞妓和艺妓，一般指在酒宴上陪酒兼唱歌跳舞的女子。因年龄、特长和资格等不同，叫法上亦有差别。

吃着茶花糕[1]。发际的白粉薄薄的，健康的皮肤突出一张黧黑的面孔。这位看起来显得很可靠。她像个孩子，天真可爱。我问她会做体操吗，她回答说，体操早已忘了，只会跳绳了。我叫她跳跳看，不巧有人弹起三味线，只好暂停了。虽然这么说，恐怕她不会再跳了。

合着三味线，小林君唱了大津绘的替歌[2]。听说那些句子都预先写在纸片上，藏在衣服内，要是不边看边唱，就不能很理想地唱出来。有时卡壳了，就会有两三个艺妓跑过来帮腔。要是艺妓也唱不出来，一个名叫阿松的老艺妓就赶紧过来救场。各种声音一起"烘托"大津绘，那心情就像观赏书画彩绘屏风。我觉得好奇怪，半道上哈哈大笑起来。小林君也受我影响，大肆嘲笑着这种大津绘。后来，只有阿松一个人唱到最后。

小林君希望舞妓跳舞，阿松说客厅太窄小了，

---

1 春季用茶花叶包裹蒸制的米饼。

2 大津绘，日本古代近江（今滋贺县）地区民间风俗绘画，这里是指借用大津绘的画题组成歌词的歌。"替歌"，即新词填旧曲的歌谣。

不如打开唐纸隔扇，在隔壁跳舞更好。于是，那个吃茶花糕的舞妓立即走到下一间，跳起了京都四季舞。遗憾的是，我不知道她跳得好还是跳得不好。但看她花簪斜坠，衣带渐宽，舞扇闪闪，甚是绮丽。我一边啃着鸭肩肉，一边饶有兴致地望着。

说实话，我之所以感到有趣，不单是姿态绮丽，舞妓似乎感冒了，身子低俯的时候，那清秀的鼻翼似乎微微发出踏春泥的声音。不像是老成陈腐的教坊里的孩子，是那样一副极其自然的好心情。我如醉如痴，欢喜非常，舞妓跳完了，我拿些羊羹和茶花糕给她。假若不怕舞妓觉得恶心，我真想对她说：你吸溜了五次鼻涕哪！

不一会儿，那个狂躁的艺妓回去了，客厅立即安静下来。我朝玻璃窗外瞧去，霓虹灯光映着河水。天空阴霾，看不清东山在哪里。我反而感到气闷，问小林君可否再唱一遍大津绘。小林君斜靠在扶手椅上，像孩子一般笑着拒绝了。看来，他是醉了。舞妓也不再吃茶花糕了，一个人叠着纸鹤。阿松和外来的艺妓低声谈论着别人的事。——我自从离开东京以后，在这豪华的茶屋里，第一次尝到羁旅的闲愁与寂寥。

大正七年（1918）六月

## 动物园

### 象

象啊，吉卜林[1]说，古时候，你的祖先被鳄鱼咬住了鼻子，所以至今，你依然耷拉着长鼻子走路。可我一点也不相信他说的这件事。定是佛祖在世的时候，你的祖先躺在恒河的灯芯草丛里睡午觉，或者干别的事。河泥里有一种特大的蚂蟥，紧紧吸住了你祖先当时还很短的鼻子尖。要不然，你的鼻子根本不会像蚂蟥一样伸缩自由。你出身于印度名门，怎么样？就照我所说的办吧，为了给你祖先申冤，不妨扬起鼻子，像吹军号一般大声疾呼："那位吉卜林，简直是信口雌黄！"

---

1　约瑟夫·鲁德亚德·吉卜林（1865—1936），英国作家，诺贝尔文学奖获得者。作品有长篇小说《吉姆》、诗集《七海》、儿童故事《林莽之书》等。

瞧那颈项，如果如领带一般打起结，那该怎么
解开呢？

## 骆驼

老爷子，万年青已经弄不到了吧？那好，先歇
歇抽支烟再说。哎呀，那只菖蒲皮的烟叶袋子，不知
忘在哪里了。

# 虎

虎啊，你是个 cosmopolitan[1]，丰干禅师[2] 骑过你，和唐内[3] 降服过你。还有，威廉·布莱克著名的诗里歌颂过你。虎啊，你是最伟大的 cosmopolitan。

## 家鸭

调皮的孩子，用粉笔在黑板上写的算术数字。2，2，2，2，2，2。

## 大蝙蝠

你的翅膀是仁木弹正[4]的鬓发。照面[5]的蜡烛，一

---

1 英语：世界主义者。

2 唐代禅僧，居于浙江天台山国清寺，多奇行。同寒山、拾得相往还。

3 即和藤内，日本古代传说中的郑成功。

4 日本古典歌舞伎剧目中的奸臣。

5 原文为"面明"，在没有电灯的时代，歌舞伎舞台上为了让观众看清演员的面孔，由助手举长柄蜡烛以照之。

扇就灭了。要是这样，鼻子尖尖、双目圆睁、嘴唇弯曲作"入"字的脸孔，后面又会出现一团灰暗的云母纹，愈益显现出阴森可怖的气象来。落款：东洲斋写乐[1]……

## 白孔雀

这是一位年老的贵妇人。眼睛有些红烂了。架起玳瑁眼镜，一一仔细地瞧着游客就好了。

1 东洲斋写乐（生卒年不详），江户时代浮世绘画师。传说他保留有众多演员和相扑力士的脸谱，具有鲜明的个人风格。

# 袋鼠

腹部的袋子里装着孩子。把孩子掏出来，像魔术师一样，变出了英吉利国旗什么的。

# 鹦哥

你呀，站在中国画的桃树枝上试试看，无意中扇扇羽翅，身上的彩绘就会剥落下来。

# 猴子

猴子啊，你究竟是在哭，还是在笑？你的脸如悲剧的脸谱，同时又像喜剧的脸谱。在我的记忆里，大人带我赶庙会，去看猴戏。樱木的钓板，纸糊的钟，还有煤气灯神经质的光芒。你戴着金色的帽子，拖着绯红色鹿子染[1]的振袖[2]和服，怯生生地扮演着滑稽的

---

1 日式织物纹样，为突起的白色粒状花纹。
2 未婚女子穿的长袖和服。

白拍子[1]花子的角色。我的胸中萌生疑团，那是在朝着你的面孔偶然一瞥的时候。你究竟是在哭，还是在笑？猴子啊，你这个比人更富有人性的猴子啊，我再没有见到过像你这般巧妙的 tragic comedian[2]。——我正在心中念叨着，这时猴子突然跃起身子，抓住我面前的铁丝网垂挂着，对着我厉声反问道："那么，你呢？喂，你那哭丧着的脸，究竟意味着什么？"

### 娃娃鱼

我呀，对着它的头问："你究竟是什么东西？"尾巴回答我："我是娃娃鱼啊。"

---

1 游女的异称。

2 悲喜剧演员。

# 鹤

县里第一旅馆的玄关，摆着插有芍药、松树的花瓶，悬着伊藤博文 [1] 的大字匾额，还有你们夫妇的标本……

## 狐狸

四腿朝天地躺着，这条毛领子！

## 鸳鸯

胡粉堆雪的杨柳下，银泥 [2] 烧黑的水面上，浮游着彩色亮丽的你俩夫妇——你们的画工，是伊藤若冲 [3]。

---

1　伊藤博文（1841—1909），日本明治时代政治家，维新后任第一代内阁总理大臣。1909 年，于哈尔滨车站被朝鲜独立运动家安重根刺杀身亡。
2　胡粉和银泥（用胶混合水而制成），均为日本画使用的白色颜料。
3　伊藤若冲（1716—1800），日本江户时代画家，京都人。初学狩野派，后又模仿宋、元、明等古画。巧于绘制动物画，尤以画鸡著名。

这漂亮的刀架上，可以恭恭敬敬挂上葵叶纹的大小刀剑。

### 波斯猫

太阳光，茉莉花香，黄缎子和服，Fleurs du Mal[1]，还有你的手感。……

---

1 法语：《恶之花》。

## 鹦鹉

鹿鸣馆今日也有舞会。灯笼光，白菊花，你同洛蒂[1]一起跳舞，美丽的"后天"小姐。

## 日本狗

人造的柳枝里，露出灯光照出的月亮。你姑且对之远吠好了。

## 南京鼠[2]

上衣，白天鹅绒。眼睛，红宝石。手袋，粉红缎子。——你们都很可爱，一如中国美人。提起"后宫佳丽三千人"，我想象着，你们是在重重楼阁中筑巢而居吧？瞧，西施在啃白薯皮，杨贵妃拼命蹬轮

---

1  皮埃尔·洛蒂（1850—1923），法国作家，曾任海军军官，到过亚洲、非洲等地。作品有《菊子夫人》《冰岛渔夫》等。
2  即小白鼠。

子，不是吗？

## 猩猩

那只猩猩的鼻子上架着金边 Pince-nez[1]。那个你能看到吗？如果看不见，今天你就不要作诗了。

## 鹭鸶

祥瑞的江村日暮了。蓝色的柳，蓝色的桥，蓝色的茅屋，蓝色的水，蓝色的渔人，蓝色的芦荻。——当这一切都沉滞于深蓝色的底部时，忽然跃起你们三双雪白的羽翼。——只要不飞出盘子外就好了。

## 河马

举之。梁武帝问达磨大师："如何是佛法？"磨

---

1 英语：夹鼻眼镜。

### 企鹅

　　你是落魄的侍者。在你悲哀的眼睛里，以前工作过的饭店餐厅，如今还会像 aurora australis[1] 一样，浮现出过去光辉的幻影吗？

---

1　南极光。

# 马

朔风劲吹的大街的一角，青铜的殿下跨着青铜的你，意气扬扬地俯视着严寒的街道上来来往往的男女老少，出发了。这位殿下身穿军服的前胸上，对不起，沾上了白色的鸦粪……

## 猫头鹰

向着 Brocken 山[1]！骑着扫帚的老婆子，顺着烟囱扶摇直上挂着红月亮的天空。自那时开始，一只猫头鹰——不，那是老婆子喂养的猫，或许不知何时会长出翅膀来。

---

1 布罗肯峰（Brocken），德国哈茨山最高峰。

## 金鱼

淡淡的阳光照射下来。水草丛生的秋色越发明显了。我——周身脱鳞的金鱼，或许不久就要曝尸于冰冷的水上了。不过，在这最后一天到来之前，依然打算摆动着断尖儿的尾巴，像那位潇洒的布鲁梅尔[1]，悠悠地游动着。

## 兔子

《今昔物语》卷五《三兽行菩萨道兔烧身语》中所说的Jataka[2]之中，有你的肖像画。——"兔子发挥激励之心，耳朵高耸，眼睛圆睁，前足短缩，屁眼儿大开。只求东西南北走，别无他求……"

---

1 博·布鲁梅尔（1778—1840），英国美男子。

2 指佛教寓言故事集《本生经》。

## 麻雀

这是南画[1]。萧萧披靡的竹丛之上，即将消泯的你飞翔着。读着印章黝黑的字，原是"大明方外之人[2]"。

## 麝香兽

梅红缎的帘子中，今夜依旧独眠，做个潘金莲般妖艳的梦。

## 水獭

每晚放置在廊下的厨房剩物没有了。听说被水獭叼去了。昨夜乘船回来的客人，熄灭了灯火。

---

1 南宗画的简称，源自中国文人画。江户时期传入日本，以池大雅和与谢芜村最为有名。
2 方外之人，乃抛却俗世之人。

## 黑豹

你是牙齿美丽的 Black Mary。戴着玉璧首饰和披肩走了。想必喉咙一叫很高兴吧。

## 苍鹭

晴雨后的柳叶泛着馨香，薰蒸河面的时候，只有你一只停在那棵柳树梢上。"夕阳，晚霞，明日好天气。"——还记得吗？幼年时代的我，唱着这首歌从这里走过。

## 松鼠

亚欧堂田善[1]的铜版画森林，于时代的微明中，粗大的枝干盘绕交错。你在枝头上蹲着，闪现着可笑

---

1　亚欧堂田善（1748—1822），日本江户时代油画家。师事画僧月仙、谷文晁，成为江户大名松平定信的御用画师。后习油画和铜版画，代表作有《江户名所风景系列》等。

的悲伤眼神……

## 乌鸦

"晚安。"

"晚安。这片竹林每当风儿吹过，便喧骚不止。"

"嗯。有月的晚上，更是不得安宁。——那么，死亡谷怎么样呢？"

"死亡谷吗？那地方今天还是一样，有一具钉在门板上的死尸。"

"啊，那是女尸吗？——咦，你的嘴角还耷拉着几缕头发哩。"

## Giraffe[1]

这是玩具。黄色的颜料、黑色的颜料还未干就胡乱涂抹在一起了。但是作为人类幼童的玩具，或许

---

1　英语：长颈鹿。

过大了吧。反倒适合于被当作幼儿基督的玩具。

## 金丝雀

理发店的店头上，朝阳和煦地洗涤着万年青的花盆。剪刀的声响，水声，摊开报纸的声音——交混于其中的是，群起飞旋的你们的鸣叫声——那是谁家的新娘子，眼下正向公婆请安？

## 羊

一天，我将各类书籍投向羊栏喂羊。《圣经》*Une Vie*[1]《唐诗选》——羊全都吃了。然而，其中只有一本，不管我怎么送到羊的鼻尖，它都没有吃。那是我的小说集。记住你，挨刀的。

---

1　法国作家莫泊桑小说《一生》。

## 东京小品

### 镜子

我的书斋胡乱地堆满了书籍，我蹲踞其中，消磨着早春"松之内[1]"寂寥的时光。看看书，写写文章。对这些厌了，那就作作俳句。——总之，既然是太平之逸民，那就舒舒服服过日子好了。有一天，别家的夫人领着孩子，过年后到我家来玩。这位夫人以往就有一句口头禅：希望青春常在。所以，带来的女孩都五岁了，她依然保有昔日姑娘时的俏丽。

那天，书斋里养着梅花。于是，我们便聊起梅的事。其间，那个名叫千枝的女孩，寂寞地坐在一旁，只是呆呆地仰望着书斋匾额和室内装饰。

---

1　过年时插门松以示祝贺，自元旦至七日或十五日，称为"松之内"。

过了一会儿，我觉得千枝好可怜，便对夫人说道："带她到那边去，和妈妈说说话吧。"因为我想，和她妈妈聊会儿天，或许是不使孩子感到寂寞的好办法。这时，夫人从怀里掏出镜子，一边交给千枝一边说："这孩子只要有这个，就绝不会寂寞。"

我问为什么，原来这位夫人的丈夫住在逗子的别墅养病的时候，夫人带着千枝一周里总要往返于东京和逗子两三趟。小千枝每次坐在火车内都极为烦闷。为了排遣寂寞，她一个劲地恶作剧，真是没办法。有时抓住一个别处的老者，问道："你啊，懂得法语吗？"实在令人头疼。夫人给她连环画，教她吹口琴，想尽办法为孩子解闷。到头来给她镜子玩，意外地发现一个事实，她居然老老实实地一路上坐着没有动。千枝对着镜子照个没完，时而涂涂白粉，时而抓抓头发，或者故意挤眉弄眼，同镜子中的自己，一起玩得入迷。

夫人说明了给女儿玩镜子的缘由。"到底是个孩子啊，只要对着镜子，就把一切全忘了。"她又加了一句。

刹那之间，我对这位夫人微微有了恶意，不由得嬉笑着，对这件事做了一番冷评：

"你对镜而坐，也会忘记一切的，不是吗？和千枝所不同的只是：她在火车上寂寞，你在人世寂寞。"

## 木牌儿[1]

这事也发生在"松之内"期间。美国青年 H 到我家里玩，蓦地从口袋掏出一只木牌儿，问我："这是什么？"依旧散发着新鲜木香的板面上，写着几个丑陋的大字："雪之十七番"。我一看那字体，不知为何，就想起两国桥畔那家甘酒屋的红色货物。然而，我并不知道"雪之十七番"是什么意思。所以，我望着这位云游四方、莫名其妙的来客的脸，简单地回了一句："不清楚。"于是，H 夹鼻眼镜后面的眼睛奇妙地一闪，立即嘿嘿地笑了。

"这个啊，是一位艺妓送我的纪念品。"

---

1　原文为"下足札"，集会时存鞋的号码牌。

"哦，纪念品？你倒是获得了一件奇妙的东西啊。"

我们家里摆着过年的饭菜。H 略略皱起眉头，嘴巴抵着屠苏酒杯，手里端着汤碗，娓娓地谈起关于木牌儿的一番因缘。——

据他所说，H 任教的那座学校，昨天在赤坂一家茶屋召开新年会。来日本不久的 H，尚未掌握如何买得艺妓芳心的本领。唯一能做到的，就是把摆上的菜吃光，把递来的酒喝干。此时，十几个艺妓中，有一位女子对他暗送秋波。H 说过："日本女人除去脚踝以下，其余各处都很美。"这位艺妓在他眼里，自然是个美人。他一边牛饮马食地大嚼，一边不时看向那个女子。

但是，对于不通日语的 H，日本酒照样不讲情面。过了一小时光景，他喝得烂醉如泥。结果，他几乎坐不下去了，头脑昏昏，东摇西摆地偷偷出了障子门。外面是寂静的中庭，石灯笼点亮了，造就着竹林的幽暗。H 醉眼朦胧地望着这片景色，无限沉浸于日本式的好心情中。然而，此种日本情调，真正使他饱尝 exoticism[1] 的，似乎只是一瞬间的事。为什么呢？因为他刚一来到廊下，一位长裙拖曳的艺妓追踪而来，突然搂住了他的脖子，凑向那充满酒气的嘴唇，来了个洁净的香吻。不是别人，正是刚才那个给他暗送秋波的艺妓。他大喜过望，两手死死抱住了艺妓。

至此，万事发展得都颇为理想，但遗憾的是，两人拥抱的同时，H 胸中一阵恶心，跑到廊下，有失礼仪地大肆呕吐起来。然而，就在这一刹那，他的耳鼓捕捉到婉转的娇音："我是 X 子，下回一个人来，请叫上我一声。"H 听到之后，好像听闻天使音乐的圣徒，昏昏失去了意识。H 到翌日上午十点多，才好容易醒过酒来。当他觉察自己裹着厚厚的绸布睡衣，躺在这家茶室的一室时，仿佛感到这一切恰似一世纪以前的事情。但唯有那位同自己接吻的艺妓的姿影，历历浮现于眼底。今夜要是叫那位艺妓来这里亲亲嘴，她定会舍掉一切，飘然而至的。他这样一想，立即从被窝里一跃而起。可是，他那经酒精洗涤过的

---

1 异国趣味。

脑袋，怎么也想不起那位艺妓的芳名。但他明白自己踏上日本国土不久，被一个不相识的艺妓强行亲吻了。H 坐在被窝里，懒得换衣服，怅然若失地徒然打量着修长的手足。——

"所以，当晚要了一枚存鞋子的号码牌，这无疑是那位艺妓留下的纪念品。"

H 说着，放下汤碗，露出一副与"松之内"不相符合的凄凉的神情，仔细地重新戴好夹鼻眼镜。

### 漱石山房的秋天

沿着夜寒中纤细的小径向上爬，来到古旧的木板葺顶的门前。门上亮着的电灯，和柱子上悬挂的名牌一样，几乎无法判定是有是无。钻进门内一看，地上铺着石子。院子中树木的落叶，纷乱地飘撒在小石子上。

踏着石子和落叶前往玄关，这里也是古旧的格子门。门外既没有砖墙，也没有板壁，全都隐蔽于常春藤内。所以，即使请人引路，也须先窸窸窣窣拨开常春藤的枯叶，摸到门铃才行。好容易按响门铃，亮着灯光的障子门打开了，一位束着发髻的女佣立即为我们拔掉格子门的插销。

只有三铺席的狭小玄关，贴着泰山《金刚经》的石碑拓本，树立着双曲屏风。这里没有挂帽子和外套，大体可以判定没有先来的客人。

从玄关向右步入回廊，接连不断的雅致的栏杆外，秋风中裂开的芭蕉叶婆婆地拂拭着星月夜的天空。白日里一看，芭蕉的绿色布满庭院。但是，透过客厅玻璃门的电灯光，眼下没有照到那里。不，正因为亮着灯光，对面屋檐上风铃的影子，反而隐没于浓浓的黑暗之中了。

从玻璃门窥探客厅，白纸裱糊的天花板上斑斑驳驳保留着漏雨的痕迹和鼠咬的洞穴。十铺席的客厅地上铺着五只鹤的红地毯，看不分明古旧的榻榻米。这座客厅的西侧（靠近玄关），有两枚印花唐纸隔扇，其中一枚上面悬坠着古色的壁挂，麻布底上绣着黄色的百合花纹，看来像是津田青枫[1]绘制的一种图案。

---

1　津田青枫（1880—1978），日本京都出身的画家。初学日本画，后学西洋画。同时写作诗歌、散文。工书道。

这枚唐纸隔扇的左右墙边，立着不太高级的玻璃书橱，多层的书架上密密麻麻堆满了外国书籍。还有，连接走廊的南侧，大煞风景的铁格子西式窗户前，放置着巨大的紫檀桌。桌面上，砚台、笔架，同纸绢和法帖，颇有规制地摆在一起。余下的南墙窗户和北墙窗户两两相对，几乎无不悬有书画挂轴，藏泽[1]的墨竹和黄兴的"文章千古事"相互问候，木庵[2]的"花开万国春"和吴昌硕的"木莲"时相映照。但装饰客厅的书画不单是这些挂轴。西墙上安井曾太郎[3]的风景油画，东墙上斋藤与里[4]的花草油画，还有北墙上明月禅师草书的"无弦琴"横幅，这些皆作为匾额悬挂着。匾额下、挂轴前，或铜瓶内插着落霜红，或青瓷盆里供着菊花，并时时更换。这自然是出于夫人的风流之举无疑。

如果没有先来的客人，看过这间客厅之后，视

---

1　吉田藏泽（1722—1802），日本江户后期松山藩士，画家，长于画竹。

2　木庵性瑫（1611—1684），明末清初东渡日本的黄檗宗僧人。

3　安井曾太郎（1888—1955），日本西洋画家，主要探索西洋画和日本艺术的融合。

4　斋藤与里（1885—1959），日本画家，美术评论家。

线必然转向下一间。说起下一间，就在客厅东侧，因为没有唐纸隔扇，其实就是同一间客厅。只是这里是木板地面，中央铺着一块两米见方的老式地毯，此外没有一枚榻榻米。东北两面墙上，立着一排高大的书橱，塞满了新旧和、汉、洋书籍。或许装不下这些书吧，地板上也直接堆积了好多。此外，放在南侧窗边的桌子上，杂然相间堆满了挂轴、法帖和画集。铺在房间中央的老式地毯，由于四角摆满书物，只能看到一小块本应鲜艳夺目的红色。正中央放着紫檀木小桌，桌子对面叠放着两枚座垫。桌上有一枚铜印、两三枚石印、代替笔盘的竹子茶筐，以及筐内的钢笔，还有压着玉石文镇的一摞稿纸。——另外，桌上也时常摆着老花眼镜。桌子上空，电灯煌煌放光。旁边，瓷火钵上的水壶沸腾了，发出虫鸣似的响声。如果夜间寒气加剧，稍远处的煤气暖炉就会闪耀着红红的火焰。桌子后，叠放的两枚座垫上，一位令人想起狮子的矮小的半白老人，端然独坐，或挥毫写信，或翻阅汉文诗集。……

漱石山房的秋夜，竟如此萧索而寂寥。

## 春夜

### 一

我在排列着混凝土建筑的丸之内后街漫步。忽然闻到一种气味。是什么？——不，是野菜沙拉的气味。我环视周围，柏油马路上却看不见一只垃圾箱。这是一个真正的春夜。

### 二

U——"你害怕夜吗？"

我——"并不感到有什么可怕。"

U——"我害怕。总感觉嘴里像咬着一块大橡皮擦似的。"

这话——这位 U 的话多么像是春夜啊。

# 三

我看着一位中国少女乘电车。尽管是在破坏季节的电灯光下，实际上那是春夜无疑。少女背对着我，她正要踏上车门的阶梯。我嘴里衔着烟卷看着，忽然发现少女耳根处残留有一块污垢。我甚至想说那是一块"脏污"。电车开动后，那残留耳根的污垢，使我感到一股暖意。

# 四

一个春夜，我从停在路边的马车旁走过。马是瘦骨嶙峋的白马。我从那里走过，一股莫名的诱惑使我很想抚摩一下马的脖颈。

# 五

这也是春夜的事。我一边在马路上走，一边想要吃鲨鱼子了。

# 六

春夜的幻想。——什么时候,咖啡馆的窗户开向广阔的牧场。这片牧场的正中央有一只烧鸡,垂首思考着什么。……

# 七

春夜的语言。——"小安屙了一泡绿苔屎。"

# 八

三月的某夜,我停笔的时候,忽然发现镍制怀表走快了。临屋的挂钟敲了十响。可怀表已经是十点半了。我把怀表放在地炉上,仔细将针拨回到十点,接着又动起笔来。时间过得比任何时候都快。挂钟敲了十一响。我握着笔看那怀表——奇怪,已经是十二点了。莫非怀表遇热,针走得更快了?

# 九

谁在椅子上磨脚丫。谁在窗前绣花边。谁在自暴自弃揪花儿。谁在悄悄绞杀鹦鹉。谁在小餐厅后面的烟囱下睡觉。谁在帆船上升船帆。谁在松软的白面包上揩拭木炭画的线条。谁在瓦斯的臭味中攫取一锹泥土。谁——不，这是一个肥满的绅士，一边打开《诗韵含英》，一边构思春宵的诗。……

昭和二年（1927）二月五日

## 骨董羹

—— 寿陵余子[1]假名下执笔戏作

### 别样乾坤

戈蒂埃[2]诗中的中国，既是中国又不是中国。葛饰北斋《水浒画传》里的插图，谁又能说如实画出了中国呢？那位明眸的女诗人和这位短发的老画伯各以其无声的诗和有声的画，表现出的这个相仿佛的所谓中国，不正堪称为他们白日里恣意逍遥游的别样乾坤吗？人生幸有别样乾坤。谁又能共小泉八云往还于天风海涛、苍苍浪浪处，而不叹为蓬莱蜃中楼呢？（一月二十二日）

---

1 作者的化名。

2 朱迪丝·戈蒂埃（1845—1917），法国诗人、历史小说家。父亲是特奥菲尔·戈蒂埃（Theophile Gautier）。曾翻译中国诗词，以《玉书》为名出版。

## 轻薄

元李衎[1]观文湖州[2]竹数十幅，悉不满意。读东坡、山谷等评，亦思私其交亲也。偶遇友人王子庆，话及文湖州之竹，子庆曰："君未见真迹，府史藏本甚真，明日当借来示之。"翌日即见之，风枝抹疏拂塞烟，露叶萧索带清霜，恰如坐渭川、淇水间。衎感叹无所措，甚自耻闻见之寡陋矣。如衎，未可恕也。或有见写真版塞尚，即喋喋其色彩value[3]之论者，其轻薄足以唾弃之。不可不引以为戒。（一月二十三日）

## 俗汉

巴尔扎克葬于拉雪兹墓地，内政部长巴罗什侍奉于棺侧。送葬途中，回首看到同样侍奉于棺侧的雨

---

1　李衎（1245—1320），元代画家，字仲宾，号息斋道人。擅长画墨竹。存世画迹有《四清》《墨竹》和《双松》等。

2　文同（1018—1079），北宋画家，字与可，自号笑笑先生，人称湖州先生。善诗文书画，尤擅于墨竹。

3　绘画的明暗效果。

果，问："巴尔扎克先生是有才之士吗？"雨果吁咈而答："乃天才矣。"巴罗什对此回答愤愤不平，向别人嘀咕道："这位雨果先生，也是闻所未闻的疯子。"法国亦不无这般俗汉！日东帝国[1]大臣诸公，当可安意矣。（一月二十四日）

## 同性恋

爱道林·格雷的人，不可不读一读 *Escal Vigor*[2]，男子爱男子之情，不无遗憾地尽皆写入此书之中。若将书中此类事翻译出来，触及我当局忌讳之可疑文字不少。出版当时惹过有名之诉讼事件，亦多为此等艳冶之笔所累。作者埃克豪特，乃比利时现代之大手笔，其声名未必居勒莫尼耶[3]之下。然人才济济之日本文坛，尚无就此人等身之著述加一言之介绍者。文

---

1 指日本。

2 比利时小说家埃克豪特的同性小说。

3 卡米耶·勒莫尼耶（1844—1913），比利时作家，多以法语写作。代表作有长篇小说《贪婪的人》等。

艺岂独限于北欧之天地，而呈其 aurora borealis[1] 之盛观？（一月二十五日）

## 雅号

日本作家如今多不用雅号。区分文坛之新人旧人，殆以观其有无雅号足矣。然前有雅号而后舍之不用，也不在少数。故雅号之薄命亦甚矣。记得俄国作家有名为奥西普·戴莫夫者，和契诃夫短篇小说中的主人公同名。戴莫夫借此名为雅号乎？如得博览之士示教，当为幸甚。（一月二十八日）

## 青楼

法语的妓楼，谓之 La maisonverte，乃龚古尔首创，盖出自"青楼美人"之译语也。龚古尔在日记中说："这年（一八八二年），为了搜集我迷恋的日本美

---

1　北极光。

术品，所费金额实为三千法郎。这是我全部的收入，甚至连购买怀表的四十法郎也未能剩下。"又云："数年以来（一八七六年），欲赴日本之念难以止息。但此次旅行并非只为满足我日常的收集癖，乃为了完成我所梦想的一卷之著述事。题为《日本的一年》，日记体裁，叙述情调。若此，则可得无与类比之好文字。唯我老矣，奈何？"想起爱好日本版画、爱好日本古玩，更爱好日本菊花的伶俜孤寂的龚古尔，青楼一语虽短，却未尝不能表现无限之情味。（一月二十九日）

## 言语

言语原多端。曰山，曰岳，曰峰，曰峦。用其义同字异者，即可偶得意于隐微之间。称大食者为大松，称发信人为左兵卫。以听者为江户哥儿乎？当面骂之犹恬然自若矣。试思之，如品箫，如后庭花，如倒浇烛。借《金瓶梅》《肉蒲团》中之语汇，做成一篇小说。此时，能有几名检阅官善于看破其淫亵坏俗

也？（一月三十一日）

## 误译

试指出卡莱尔[1]德语译文误译之D.昆西[2]，乃富有才智之人也。D.昆西亦叹服其襟怀，遂结百年之心交。云云。卡莱尔之误译如何，不得而知。予所知误译之最滑稽者，乃为将Madonna[3]译为"夫人"。译者或以乐园守门之仆非天使乎？（二月一日）

## 戏训

往年，久米正雄将show[4]训为"笑吁"，易卜生

---

1　托马斯·卡莱尔（1795—1881），苏格兰评论家、历史学家。著有《衣裳哲学》《论英雄》《法国革命》等。

2　托马斯·德·昆西（1785—1859），英国文学家、随笔作家。作品有《瘾君子自白》等。

3　圣母玛利亚，或指绘画中的圣母像。

4　轻喜剧，短剧。

训为"燻仙",梅特林克[1]训为"瞑照燐火",契诃夫训为"智慧丰富"。称"戏训"可乎?《二人比丘尼》作者铃木正三,题其《耶稣教辩斥》一书为"破鬼理死端",亦当有恶意戏训之一例。(二月二日)

## 俳句

红叶[2]之句,未会古人灵妙之机,非独为其谈林调[3]之故也。见此人之文,亦无楚楚落墨直成松之妙矣。长处在于精整致密、描石不忘点缀一细草之巧。短于作句非当然乎?牛门之秀才[4]镜花氏之句品,遥出于师翁之上。此亦不外乎此理也。仿佛斋藤绿雨[5]虽藏他纵横之才,句遂与沿门触黑之辈不分轩轾,亦

---

1　莫里斯·梅特林克(1862—1949),比利时诗人、剧作家。以神秘的象征剧,为现代剧别开生面。作品有诗集《温室》,戏曲《佩利亚斯与梅丽桑德》和《青鸟》等。

2　尾崎红叶(1868—1903),日本小说家、砚友社同人。作品有《金色夜叉》《多情多恨》等。

3　江户时代流行的俳谐流派,代表人物有西山宗因等。

4　小栗风叶和泉镜花同出红叶门下,二人并称"牛门二秀才"。

5　斋藤绿雨(1868—1904),明治时代小说家、评论家。

不可思议矣。（二月四日）

## 松树林荫路

东海道松树林荫路被砍伐之由，曾一时从报上读之。若为改修道路，似不可制止；然为此百尺枯龙蒙斧钺之灾者，不下百千。想到此犹感无限可惜也。克洛岱尔[1]来日时，见此东海道松树林荫路，遂作文一篇。瘦盖含烟、危根倒石之状，可谓描写得灵彩奕奕。今此松树林荫路将亡矣。克洛岱尔若闻之，或恐尚未浴于黄面竖子之王化，而不堪长太息矣。（二月五日）

## 日本

戈蒂埃在《姑娘的中国》一书中提及，埃雷迪

---

1　保罗·克洛岱尔（1868—1955），法国诗人、剧作家，曾任驻日本、比利时等国外交官。作品有诗集《五大颂歌》《战争诗集》，戏剧《城市》《给圣母报信》等。

亚[1]说过，日本亦是别样乾坤。帘里美人弹琵琶，等待铁衣男士来。其景其情本为日本所独有。然而，由绢之白、漆之金所装点的世界，却只有飘渺的帕尔纳索斯[2]梦幻的意境。而且，埃雷迪亚的梦幻之境，若在地图上能够找到其所在地，兴许靠近法国，但离日本却很遥远。他歌德的希腊，犹如特洛伊战争中勇士嘴里那一抹未消的啤酒泡沫。可叹的是，国籍只存在于想象之中。（二月六日）

## 大雅

东海画人虽多，但未有如九霞山樵[3]之大器者。大雅年及三十时，忧其技不能如意进取，曾求教于祗南海。血性过大雅者，岂可不因迟迟之进步而无焦躁之念乎？唯反反复复学习者，乃九霞山樵不误圣胎长

1 法国高踏派诗人。

2 原为希腊神话中阿波罗、缪斯居住的山峦。即指高踏派。

3 池大雅的别号。

养 [1] 之机之功夫。（二月七日）

## 妖婆

英语中 witch 一词，虽然一般译为"妖婆"，但年少美貌之 witch 亦不可谓之少。梅列日科夫斯基 [2] 笔下的"先觉者"，邓南遮的"居里的女儿"，以及等而下之的克劳福 [3] 的 *Witch of Prague* 等，描写颜如玉的 witch，细究起来犹多。然白发苍苍之 witch，或可称随一 [4] 乎？哈代的小说亦有不少取材于妖婆。著名的 *Under the Greenwood* [5] 中的伊丽莎白·安达菲尔德，即属此类。在日本，山姥鬼婆，都不是纯粹的 witch。中国《夜谭随录》所载的夜星子之类，可谓略近妖婆

---

1 禅宗用语，顿悟后的修行。

2 梅列日科夫斯基（1865—1941），俄国作家和文艺评论家。所著历史小说《基督和反基督》《保罗一世》《亚历山大一世》《十二月十四日》，将历史事件涂上宗教色彩。

3 约翰·克劳福（1783—1868），英国殖民长官及文化研究家。著有《印度诸岛史》等。

4 随一，佛语，意即多数中之第一者。

5 即哈代的小说《绿荫下》。

也。（二月八日）

## 柔术

据闻，西人每言及日本，必想起柔术。然而，阿纳托尔·法朗士[1]在《天使的反叛》一章里，有个情节描写从日本来巴黎的天使，抓住法国警察，投重物以袭之。勒布朗[2]侦探小说的主人公侠盗罗宾，亦通柔术，乃从日本人处所学也。然日本现代小说中，极柔术之妙的主人公仅有泉镜花《芍药之歌》中的桐太郎。柔术，亦是预言者不得不回故乡之叹耶？好笑，好笑。（二月十日）

## 昨日风流

赵瓯北《吴门杂诗》云："看尽烟花细品评，始

---

1  阿纳托尔·法郎士（1844—1924），法国作家。作品风格富于轻妙的嘲谑和辛辣的讽刺，代表作品有小说《波纳尔之罪》《金色诗篇》等。
2  莫里斯·勒布朗（1864—1941），法国作家。创作侦探小说，尤以侠盗"亚森·罗宾"系列最受欢迎。

知佳丽也虚名。从今不作繁华梦，消领茶烟一缕清。"又《山塘》诗云："老入欢场感易增，烟花犹记昔游曾。酒楼旧日红妆女，已似禅家退院僧。"一腔诗情，令人想起永井荷风之感也。（二月十一日）

## 发音

爱伦·坡的名字被 Quantin 版印作 Poë 之后，法国等诸国皆发音为"坡埃"。据说我等英国文学恩师、已故劳伦斯先生，也发音为"坡埃"。西人之名发音虽有易于讹误之事，但一向尊崇惠特曼、爱默生的人，亦将自己心中的神圣作了误读，实在令人惊讶。不可不慎。（二月十三日）

## 傲岸不逊

一青年作家在某次聚会席上说："我们文艺之士……"一旁的巴尔扎克忽打断他，说："不许与我等为伍。我等乃现代文艺之将帅也。"文坛二三子，

素闻有傲岸不逊之讥。然予未见有一人像巴尔扎克者。本来，亦未闻《人间喜剧》之著述成于二三子之手矣。（二月十五日）

## 烟草

烟草行于世，乃在发现美洲之后。埃及、阿拉伯、罗马等亦有吃烟之俗，仅闻于青盲者流之口。美洲土人嗜烟，哥伦布至新世界时，已知有烟卷、烟丝和鼻烟。淡巴菰[1]之名实乃植物之名称，但用于品尝烟丝之味的烟管之称，未免滑稽。但欧洲的白色人种，想出吃烟之新构思：轻便之雪茄之发想也。据《和汉三才图绘》载，南蛮红毛甲比丹，首先以船载传来日本者，即如此雪茄之物。村田烟管尚未出世时，我祖先已口衔雪茄，于春日煦煦之街头，仰望天主教堂之十字架，不惜赞叹西洋机巧之文明矣。（二月二十四日）

---

1 Tobacco 的音译。

## 《尼古丁夫人》

　　波德莱尔的烟斗诗，本翻自 *Lyra Nicotiana*[1]，西洋诗人之爱吃烟，与东洋诗人之爱点茶，可谓好一对。小说界，巴里[2]的《尼古丁夫人》最脍炙人口。唯轻妙之笔容易使读者微笑。尼古丁之名，本出自法国人耶安·尼古特。十六世纪中叶，尼古特以大使之职被派往西班牙，随即获得从佛罗里达进口的烟草，知其对医疗有效，便大力栽培，一时间，法人称烟草为尼古蒂安那[3]。德·昆西的《瘾君子自白》，进而使得佐藤春夫写出奇文《指纹》。又有出于巴里之后者，又写作一部超出巴里数等的烟草小说《哈瓦那的马尼拉》。

（二月二十五日）

---

1　有关烟草的一本诗集。

2　詹姆斯·巴里（1860—1937），英国剧作家，风格以充满空想而知名。代表作有《彼得·潘》等。

3　花烟草 Nicotiana 的音译。

　　唐任翻[1]游天台巾子峰，题诗于寺壁，诗曰："绝顶新秋生夜凉，鹤翻松露滴衣裳。前峰月照一江水，僧在翠微开竹房。"题毕，后行之数十里。途上忽觉"一江水"不若"半江水"。即回题诗处，见有人已削"一"字，改作"半"字矣。翻叹息曰："台州有人。可想古人用心于诗之惨淡经营之迹。"青青[2]于俳句集《妻木》中，有"初梦醒，红纽欲结成"一句。我觉一字不可，可以"已"易"欲"字。不知青青能拜予为一字之师否。一笑。（二月二十六日）

## 白雨禅

　　狩野芳涯[3]常教诸子，曰："画之神理，唯当悟

---

1　任翻（？—846），唐代诗人，出身贫贱，入试不第，放浪江湖。诗作婉丽，多有佳句。
2　松濑青青（1869-1937），正冈子规门人，为关西俳坛代表人物。
3　狩野芳涯（1828—1888），日本画家，学于狩野雅信，继承狩野派传统。作品有绝笔画《悲母观音》等。

得，不当为师授也。"一日，芳涯病卧。偶白雨倾天来，深巷寂绝行人。师徒共默听雨声多时。忽有一人，高歌过门外。芳涯莞尔，顾诸弟子曰："会也。"句下有杀人之意。吾家吹毛剑，单于千金购之，妖精泣太阴。一道寒光，君看取矣。（三月三日）

## 批评

皮隆[1]以讽刺闻名于世，一文人说他："可以成前人未发之业为事也。"皮隆冷然答曰："这不很好嘛。君可作自身之赞词。"当代文坛如闻之，有批评党派者，有批评卖笑者，有批评寒暄者，有批评雷同者。毁誉褒贬纷纷，如庸愚之才自赞。一犬吠虚，万犬亦传实。未必如皮隆所谓可做前人未发之业矣。寿陵余子生于此季世，虽皮隆亦难矣哉。

---

1 亚力克西斯·皮隆（1689—1773），法国诗人，剧作家。

　　既有门前雀罗鸣啭之的先生，亦有辩之如燎原之火的夫子。既有赞明治神宫之用材的文质彬彬农博士，亦有议海陆军之扩张、艨艟[1]不可不罢休之国会议员。昔姜度诞子，李林甫作手书曰：闻之，有弄麞之喜。客视之，掩口。盖笑李林甫误将"璋"字为"麞"字也。今大臣之慨时势，论危险思想之弥漫，曰："病既入膏肓，国家兴废，在于旦夕。"然无怪天下者。不顾汉学素养，亦不可不谓甚矣。况今之青年子女，商标之英语可解，四书之素读迷茫。托尔斯泰之名耳熟，李青莲之号眼疏。纷纷难数。日顷，偶于书林之店头，见数册古杂志。题为红潮社发《红潮》第某某号。岂不知汉语"红潮"乃女子月经也。（四月十六日）

---

[1]　古代战船，出自郑观应的《盛世危言·海防上》。

## 入月

西洋有否歌颂女子红潮之诗乎？寡闻未知之。中国宫掖闺阁诗中，鲜有歌颂月经者。王建《宫词》曰："密奏君王知入月，唤人相伴洗裙裾。"春风吹珠帘，荡漾银钩处，见蛾眉宫人湔衣裙，月事不亦风流耶？（四月十六日）

## 遗精

西洋有否歌颂男子遗精之诗乎？寡闻未知之。日本俳谐锦绣段中，有"遗精惊晓梦，神叔"，然遗精之语意，果与当代所用之同否？则不得其详。若识者示教，幸甚。（四月十六日）

## 后世

君不见，本阿弥之折纸[1]古今已变。罗曼派起，

---

1 鉴定证明书，保证书。此处为"定评"之意。

莎士比亚之名，轰之四海如迅雷。罗曼派亡，雨果之作，八方之废事似霜叶。茫茫流转之相。目前泡沫，身后梦幻。知音不可得。众愚难度。意大利欲修弗拉戈纳尔[1]之技，布歇[2]为此曰："勿看米歇尔·安热[3]之作，彼唯如狂人也。"笑布歇为俗汉，岂敢不难也？若千年后，不可谓天下无靡然赴布歇之见也。白眼傲当世，长啸待后代，亦仅是鬼窟里生计。何若混于俗，而自不俗也？篱有菊，琴无弦，南山见来常悠悠。寿陵余子陋屋卖文，愿一生不言后世。纷纷文坛，张三李四，谈其托尔斯泰，论西鹤，或甲主义，乙倾向。是非曲直，喋喋不休。且安于游戏三昧之境也。（五月二十六日）

---

1　让·奥诺雷·弗拉戈纳尔（1732—1806），法国画家。以华丽的笔致和甘美的色彩，描绘18世纪波旁王朝末期宫廷的风俗。

2　弗朗索瓦·布歇（1703—1770），法国画家。洛可可装饰美术的代表者。长于制作神话画、牧歌画等。

3　疑为米歇尔·安热·乌阿斯，为18世纪上半期的法国洛可可风格画家。

# 罪与罚

　　鸥外先生主笔的《珊草纸》第四十七号，载谪天情仙[1]七言绝句数首：读《罪与罚·上编》。西洋小说题诗，最初恐在此数首中。兹抄录二三于次："考虑闪来如电光，茫然飞入老婆房。自谈罪迹真耶假，警吏暗疑狂不狂。"（第十三回）"穷女病妻哀泪红，车声辚辚仆家翁。倾囊相救客何侠，一度相逢酒肆中。"（第十四回）"可怜小女去邀宾，慈善书生半死身，见到室中无一物，感动人是动情人。"（第十八回）诗佳否暂不云，明治二十六年之昔，文坛亦有谈论陀思妥耶夫斯基者。对此数首诗难禁破颜一番者，何独寿陵余子乎？（五月二十七日）

## 恶魔

　　恶魔之数甚多，总数有一百七十四万五千九百二十六

---

1　野口宁斋（1867—1905），明治时代汉诗人，号啸楼、谪天情仙等。

个，可分为七十二队，每队设队长一名。此乃十六世纪末叶，德人威尔[1]《恶魔学》所载，不问古今，不论东西，传魔界消息详密如斯者，实所未见。（十六世纪之欧罗巴，恶魔学之先师不少。威尔之外，如意大利之阿巴诺[2]，英格兰之斯科特[3]，皆天下如雷贯耳）又曰："恶魔变化自在，可成为法律家、昆仑奴[4]、黑骊、僧人、驴、猫、兔，或者马车轮子。"既能成马车车轮，岂不变为汽车车轮，半夜诱人去烟花城中也？可畏，可戒。（五月二十八日）

## 《聊斋志异》

《聊斋志异》共《剪灯新话》于中国小说中，谈鬼说狐，极尽寒灯断魂之妙，此乃为人所知。然作者蒲松龄，不满朝廷之余，托牛鬼蛇神之谭，讽宫掖之隐微，

---

1 中世纪恶魔学家。

2 意大利哲学家、占星家。

3 英国人，研究巫术、魔法。

4 东南亚棕色人种。

本邦读者若未看过实乃憾事也。据云，例如第二卷所载《侠女》，实为年羹尧之女，暗杀雍正帝之秘史翻案。昆仑外史题词曰："董狐岂独人论鉴"。还不是泄露这般消息，乃何也？西班牙有戈雅《狂想曲》[1]，中国有留仙《聊斋志异》，共借山精野鬼，痛骂乱臣贼子。东西一双白玉琼，可堪金匮之藏也。（五月二十八日）

## 丽人图

西班牙有丽人，谓之 Dona Maria Teresa。年轻时嫁与比利亚弗兰卡十一代侯爵 Don José Álvalez de Toledo。明眸绛唇，香肌凝如脂。女王玛丽娅·卢斯，妒其美，遂鸩杀之。人间只有得一香囊之长恨者，彼杨太真为之哪桩？侯爵夫人有情郎，谓之 Francesco de Goya。戈雅画名驰誉西班牙，生前屡屡绘制玛丽娅·特雷莎之画像。俗传若可信，*Maja vestida* 和 *Maja desnuda* 两帧画像，亦实传侯爵夫人一

---

1　西班牙画家戈雅的作品（*Los Caprichos*），以讽刺西班牙社会的弊病为主题，画面阴暗恐怖。

代国色也。后年法国有一画家，谓之 Edouard Manet。戈雅得侯爵夫人画像，狂喜不能自禁，直接模仿其画像，作一帧如春丽人图。马奈当时乃印象派先驱，与彼相交者，当世才人不少。其中有一诗人，谓之 Charles Baudelaire。马奈得侯爵夫人画像，赏玩之如拱璧。1866 年，波德莱尔发狂疾，绝命于巴黎寓居。壁间亦有此檀口雪肌、美如天仙丽人图。星眼长长浮秋波，望《恶之花》作者之临终。犹如往年马德里宫廷，黄面侏儒旁观筋斗戏。[1]（五月二十九日）

## 卖色凤香饼

中国称卖龙阳之色的少年为相公。"相公"一语，本出自"像姑"。妖娆恰如姑娘也，"像姑""相公"，同音相通，即仅替换使用的阴马之名也。中国，路上鬻春女称野雉，盖诱惑徘徊行人，恰如野雉之谓

---

也。邦语称此辈为"夜鹰"，盖同出一辙。野雉之语，再到野雉车之语。所谓"野雉车"，何也？出没于北京上海无牌照之朦胧车夫也。（五月三十日）

## 泥黎口业 [1]

寿陵余子为《人间》杂志写《骨董羹》，既已三回。引东西古今之杂书，举玄学之气焰，恰类似麦克白 [2] 曲中妖婆之锅。知者三千里外避其臭，昧者一弹指间中其毒。思之，是泥黎之口业。罗贯中作《水浒传》，若生三生哑子，寿陵余子亦书《骨董羹》，抑受如何冥罚？默杀乎？扑灭乎？或余子小说集一册不卖于市乎？若不速投笔，醉中独立绣佛前，爰逃禅之闲也。悔昨之非而知今之是。为何须臾踟蹰也？抛下，吾家骨董羹。今日若吃得珍重，明日厕上有瑞光。粪中舍利，大家且看之。（五月三十日）

---

1 泥黎，亦作泥梨，梵语，"地狱"之意。口业，口中言语。

2 莎士比亚四大悲剧之一《麦克白》中的主人公。对三个妖婆的预言抱有野心，弑杀邓肯王、将军班柯，后被邓肯王的长子所讨伐。

# 枪岳[1]纪行

## 一

抵达群岛町旅馆，过午——已是接近黄昏的时候。旅馆的门口，一个三十多岁身穿浴衣的男人，正在吹青竹笛子。

我一边听着令人心烦的聒耳的笛声，一边解开布满尘土的草鞋带子。这时，婢女打来了洗脚水。水很凉，澄澈的盆底沉着一些粗沙子。

楼上回廊的庇檐，映着强烈的阳光。或许因为这个缘故，榻榻米和隔扇看起来脏兮兮的，到了难忍的程度。我换下夏装，穿上浴衣，叫人搬出枕头，伸展着胳膊腿儿仰面躺着，拿出昨天离开东京时买的话

---

1　日本第五高峰，海拔3,180米，位于飞驒山脉南部，为长野县、松本市、大町市与岐阜县高山市的县界之一。

本《玉菊灯笼》读了一会儿。看书的时候，始终能闻到浆洗的浴衣的气味，实在有些受不了。

太阳落山时，先前那位婢女端来一只油漆剥落的高腰盆，里面放着一枚浴牌，对我说：

"对面就是澡堂，快去洗个澡吧。"

于是，我趿拉着木屐，沿着高低不平的石子路，走进那家小小的公共澡堂。澡堂的更衣室只有两铺席大。

浴客只有我一个。浸在昏暗的浴池里，不知什么东西忽然掉落在水中。用手捧起，对着淋浴间的灯光一照，原来是叫"马陆"[1]的虫子。看着这只褐色的小虫，在手心的水里一伸一曲，不知为何，我感到一阵寂寞。

洗完澡，吃晚饭时，我托婢女雇一位导游陪我登枪岳。婢女一口答应下来，她点亮竹台的油灯，喊一个人上楼来，就是先前在门口吹青竹笛子的男人。

"说起枪岳，他连每块石头都知道得清清楚楚。"

---

1 马陆虫，又名千足虫，多足纲节肢动物，陆生。

　　婢女说着玩笑话，随即把杯盘狼藉的饭盘收拾走了。

　　我跟那个男人打听各处山峦的情况。越过枪岳，是否就到飞驒的蒲田温泉了？近来听说烧岳可能喷火，还能登山吗？沿着枪岳连峰能去穗高山吗？——这些都是主要的问题。那男人虽说有些畏畏缩缩，但回答得很随便，草草地应付说，那些很容易办到。

　　"少爷不是徒步吗？到哪里都不成问题。"

　　我只有苦笑。上州[1]三山，浅间山，木曾的御岳，还有驹岳——这些名曰"外山"的山峦，我一座也不曾登过。

　　"不过，要是同山岳会的那帮人一起走，总会找到的。"

　　男人下楼时，我随即喊人铺床，躺到旧的蚊帐里。敞开窗户的廊外，幽暗的山间，唯有烧木炭的一点通红的火焰在闪动。那火光虽说很微弱，但却给我带来一丝旅愁的寂寥。

---

1　日本古上野国，即现在的群马县。

不一会儿，婢女来关门。随着门扉的滑动，山上的星月夜从我眼里消泯了。不久，在我躺着的周围，四面八方都被旧蚊帐遮挡住了，只留下一盏昏暗的灯光。我睁大眼睛，眺望着旧蚊帐的顶棚。此时，楼下又微微传来那青竹的笛韵。

二

——拐过一道山梁，我的脚下突然跑过几头野兽。

"畜生！要是有枪，一个也逃不脱。"

导游停住脚，厌恶地咂咂舌头，仰望着路旁的一棵大橡树。

橡树绿叶重合，遮掩路面的树枝上，一只母猴带着两只小猴，静静地俯视着我们。

我抬起好奇的眼睛，看着那三只猴子沿树梢徐徐跳跃的样子。不过，在导游眼里，与其说是猴子，首先是猎物。他有些恋恋不舍，望着橡树梢顶，投去一块石子。

"喂，快走吧。"

我催促着他。他依然回头望着猴子，缓缓迈出了脚步。我多少有些不快。

道路渐渐险恶起来。但却发现有马匹通过，随处掉落了一些马粪。上头密密麻麻趴着几只蛇蝴蝶，合拢着素色的翅膀。

"这里就是德本岭。"

导游回头对我说。

除了一只装杂物的布袋，我没有任何行李。不过，除了餐具和食物，我的肩上还堆满毛毯和外套等物。尽管如此，一踏上山岭，他和我之间的距离开始渐渐拉远了。

半小时后，喘息在山路上的游客只有我一个人了。阳光微薄的山头空气，孕育着一种阴森的静寂。趴在马粪上的蛇蝴蝶，以及将草垫当扇子的我——就是这陡峭的小径上活着的一切。

正思忖着，响起低微的羽音，一只青黑色的马蝇蓦然落在我的手背上，犀利地刺疼了那地方。我不由一惊，一巴掌打死了马蝇。"大自然总是同我为敌。"——这种迷信的心理使我很不平静。

　　我抱着疼痛的手，硬是加快了脚步。

## 三

　　当日午后，我们蹚过水流冰冷的梓川。

　　遮蔽水面的森林上方，飞驒信浓境内的连山，尤其是薄阴的穗高山，高高耸峙地俯瞰着我们。我正渡河，忽然想起东京的一家茶屋。屋檐上悬挂的岐阜灯笼，也是这样光亮夺目的。然而，现在围绕着我的只有这绝无人烟的溪谷。我脑子里充满了奇妙的矛盾，跟在冷淡的导游屁股后面，渐渐来到对岸茂密的细竹丛中。

　　河对岸，耸立着高大的山毛榉和枞树林，隐天蔽日。少数竹丛稀疏的地方，开着绯红的雁皮似的花朵。湿气浓重的草丛中，可以看到放牧的牛马的蹄印。

　　细竹丛里出现了一座不大的小木屋。自小岛乌水[1]之后，来攀登枪岳的登山者，总要在这座名叫嘉

---

1　小岛乌水（1873—1948），日本登山家、随笔家。

门治的小屋里住一宿。

导游推开小屋门，将背着的行囊放在那里。屋内有一只宽大的地炉，敞开着孤寂的灰色。导游取下挂在天花板上的长钓竿，留下我一人，到梓川里钓山女鱼，以供晚餐。

我舍掉草垫和行囊，暂时到小屋前溜达一番。一看，竹丛里出现一头大黑斑牛，慢慢腾腾向身边走来。我稍有不安，退回到小屋门前。牛抬起润湿的眼睛，凝视着我的脸，接着摇摇头，再次回到细竹丛中。我对牛的样子同时感到爱和厌恶，心中茫然地点燃了一支香烟……

阴天的晚霞渐渐消隐的时候，我们围着地炉的火，用竹串烤山女鱼当菜肴，就着铁锅煮的饭，狼吞虎咽。当夜幕降临门外之后，用毛毯抵挡寒气，点着白桦皮卷制的原始的灯火，闲聊着山里的各种事情。

桦树皮火和木柴火，明暗两种火光，代表了灯火文明的消长。我望着小屋板壁上自己或浓或淡的两重影子，在山间夜话中断之余，不由联想起原始时代日本民族的生活情景……

# 四

推开重叠的杂木林，又一次沐浴着天日之光。导游回首看看我，说道：

"这里是赤泽。"

我向脑后斜戴着便帽，眺望眼前开阔的光景。

纵横在我面前的尽是些立体的大岩石。这些巨石一方面布满狭窄山谷的陡峭斜面，一方面又向高耸云表的连山无限扩展开去。如果用言语形容，我们两个小小的人儿，就好像站在远方山巅涌来的时涨时落巨岩的洪流之上。

我们像小虫一般，沿着拥塞着巨石的山谷——盛开着"黄花驹爪[1]"的山谷向上攀登。

步履艰难地走了一段之后，导游突然举起手杖，指着我们左手连绵不断的绝壁上方。

"请看，那里有一头青猪。"

我顺着他的手杖尖端，将视线投向绝壁上方。

---

1 双花堇菜，一种多年生草本花卉。

只见峰顶附近一棵卧松暗绿之处，有一只小野兽。那是栖息在日本阿尔卑斯山脉的羚羊，有个别名叫"青猪"。

不久，太阳落山之时，我们周围的残雪之色次第增多了。接着，开始看到岩石上枝条盘曲的寂寞的卧龙松。

我不时驻足于巨石之上，眺望不知何时会出现的枪岳的绝顶。那绝顶犹如巨大的石镞，不知不觉间，黑魆魆刺向晚霞余焰将尽的天空。"山始于自然，又终于自然。"每当仰望这座峰顶，我心中必然联想起这句感慨。这似乎是以前读过的拉斯金[1]的话。

其间，一团寒雾早已顺着黑暗的山谷，爬上巨石和卧龙松的上面。之后弥漫四周，风夹着小雨，扑打着我们的面颊。我渐渐感到高山上寒气砭肤，在陡峭的斜坡上拼命攀登，巴望早一分钟抵达今夜停宿的无人石室。这时，蓦然传来异样的响声，不由环视左右，不远处，一簇茂密的卧龙松上空，一只褐色的鸟

---

1 约翰·拉斯金（1819—1900），英国文艺评论家，社会思想家。深意意大利建筑，后倡导社会改良的理想。著有《建筑的七盏灯》《威尼斯之石》等。

流水一般地飞翔着。

"那是什么鸟？"

"雷鸟。"

导游被小雨淋湿了，他继续迈着稳健的步伐，依然冷冷地回答。


大正九年（1920）六月

## 汉诗汉文的妙味

阅读汉诗汉文有没有好处呢？我认为是有好处的。我们所使用的日语虽然和法语等所从属的拉丁语系没有关系，但却从中国语言那里受到不少恩惠。这不光在于我们平时使用的是汉字，就连汉字所标识的罗马字发音，也是长久以往积累下来的中国语风格在日语中的遗留表现。因此，我认为阅读汉诗汉文，既有利于鉴赏过去的日本文学，也有利于创造现在的日本文学。

那么，阅读汉诗汉文究竟有些什么好处呢？这个问题很难说得清楚。说到汉诗汉文，也就等于是说中国文学。这就如同问阅读英国文学或法国文学有哪些好处一样，令人茫然失措，不知如何回答。当然，这个问题也不是说绝对不能回答，但若不经过充分准备，那结果只能是乱说一气。一旦被文章俱乐部的记者提问时才开始考虑，为时晚矣。

姑且先说说平时所想到的一两件事吧。一般人认为，汉文汉诗都是极为粗杂枯淡的文字。但实际如何呢？不仅一点儿也不粗杂，反而经过精雕细镂的作品不在少数。例如，明代高青丘[1]的五言绝句：

树凉山意秋，
云淡川光夕。
林下不逢人，
幽芳共谁摘？

通过观察，薄暮秋林之间，莹润的空气亦尽皆描绘了出来。还有一种抒情诗般的感怀，看似与汉诗缘分淡薄，但其实也未必是这样。唐代韩偓[2]著名的诗集《香奁集》里，收集的几乎都是这类诗作。兹从中摘引一首七言绝句《想得》：

---

1 高启（1336—1373），明初诗人。江苏人，字季迪，号青丘子。明洪武初，参修《元史》。后因友人犯事遭连坐，被腰斩。

2 韩偓（约842—923），晚唐五代诗人。陕西人，晚号玉山樵人。

两重门里玉堂前，

寒食花枝月午天，

想得那人垂手立，

娇羞不肯上秋千。


　　描写少女因害羞而不愿登秋千玩耍，此种情景
几乎同样出现于生田春月[1]君的诗里。（序言里已经说
明，《香奁集》中的《咏手》，即赞美女人手美之诗
也。凝练之至，宜暇人览之）即使歌颂爱情之外的抒
情诗，合乎我们心境之作也出乎意料得多。仅从最新
近处举例，现引清代孙子潇[2]《杂忆·寄内》，即由旅
行之地寄往家中的诗作，有这样一首七言绝句：


乡书遥忆路漫漫，

幽闷聊凭鹊语宽，

今夜合欢花底月，

---

1　生田春月（1892—1930），日本诗人。

2　孙原湘（1760—1829），清诗人，善书画。江苏人，字子潇，又字长真，
　号心青。嘉庆十年进士。与妻席佩兰同为袁随园（枚）弟子。著有《天真
　阁集》等。

小庭儿女话长安。

这位诗人的乡愁，也是完全可以被我们直接接受的。再举一位清朝诗人的例子，赵瓯北《编诗》：

旧稿丛残手自编，
千金散帚护持坚，
可怜卖到街头去，
尽日无人出一钱。

这些也与我等的卖文生活，具有同感。恕我唠叨，再举一例，是唐代著名诗人杜牧的诗：

落魄江湖载酒行，
楚腰纤细掌中轻，
十年一觉扬州梦，
赢得青楼薄幸名。

读到这些地方不能不令人想起吉井勇[1]君。此种情景，汉诗中所包含的内容，有许多和现代我们的心情极为密切的东西。绝不可一概轻蔑待之。单就描写自然的诗句观之：

枣熟从人打，
葵荒欲自锄。（杜甫）

高杉残子落，
深井冻痕生。（僧无可）

疏篁抽晚笋，
幽药吐寒芽。（雍陶）

仅仅瞄准秋冬的敏锐的诗眼就有很多。因此，阅读汉诗，至少在这些范围内，我们当可学习者出乎意料得多而又多。

---

1 吉井勇（1886—1960），歌人，剧作家。东京人。作品有歌集《祝酒》《憩园歌集》，戏曲《午后三时》《俳谐亭句乐》等。

　　　此外，还有许多有益之处。前面我已说过，因为无任何准备，这回就只说到这里。还有，这次只说到汉诗，没有说到汉文，因为不便于举例，且说起来话会变得很长，而我又害怕太长。这一点也请给予谅解。

# 澄江堂杂记（一）

## 大雅的画

平素，我总想得到一幅大雅的画。然而，即便大雅，也并非不惜金钱所能为之。总之，我想尽力拿出五十元来，买大雅一幅画。

大雅是伟大的画家。古时候，高久霭崖[1]就算处于空无一文的困窘之地，唯有一幅大雅的画不肯撒手。那种笔墨横姿的画，虽数百元亦不为高。之所以将价格限定于五十元，只能说明我无余财之可悲矣。然而，论其大雅之画品，例如，投以五百万元，与我投以五十元，或许一样廉价。因为艺术品的价值一旦换算为支票、纸币加以考虑，那就只能是难以度量的

---

1　高久霭崖（1796—1843），日本江户后期南画家。就学于谷文晁和池大雅，进而研究明清画法。

俗物。

　　根据波德莱尔写的文章，他平时希望得到"质量上乘、保存完好、价格约四十先令的伦勃朗"。实际上，他两度邂逅价格低廉的伦勃朗。第一次是为一英镑所困未能得到；第二次在征询朋友梵高的意见之后，终于买到了手。至于是怎样的一幅画，花了多少钱，这些一概不明确。不过，买的时候是一八八七年，买的地方是斯特兰德（伦敦）的一家当铺的店头里。

　　从这一先例来看，欲得五十元之大雅，未必是不可能的。或许能于荒寂之城镇的一家古董店里，买到仅剩下的一幅九霞山樵的水墨山水——我有时百无聊赖之际，仿佛等待弥勒出世，沉浸在如此的空想之中。

### 面疱

　　过去，我创作《罗生门》这篇小说时，曾经写到主人公下人的脸颊上长着一颗特大的面疱。当时王朝时代的人们，几乎没有不长面疱的人。谦虚地说，当时虽是根据推量而来，其后，在《左经记》上看到"二君"的说法，"二君"或"二禁"，可知为今日之面疱也。二君等，当然是假借字。[1]不过这种发现，只有我自己觉得高兴，别人未必感到有什么意思。

## 将军

官宪将我的小说《将军》抹去了数行。但看今日之报纸，那些生活窘迫的伤兵，手里拎着写有"被队长欺骗做了阁下[2]们的垫脚石""什么无后顾之忧？撒谎！"等各种传单，走在东京的大街小巷上。抹杀伤兵这种事实，似乎为官宪的力量所不逮。

还有，今后官宪虽然禁止发卖"使人对某某的某某失去某某之念"，但"某某之念"与恋爱一样，并非立于虚伪之上所能为之。所谓虚伪，乃过去之真

---

1  日语"面疱 nikibi"同"二君 nikimi""二禁 nikin"发音近似。

2  阁下，此处指高级将官。

理，今日属于非通用藩币¹之类。官宪强调虚伪，消灭某某之念，云云。这和一边推行藩币一边叫人兑换黄金无异。

天真无邪者，乃官宪也。

## 生发灵

文艺与阶级问题的关系，就像头和生发灵之间的关系。当然，若已有毛发，则不一定需要涂抹生发灵。再者，若是秃头，恐怕涂抹也没有用。

## 艺术至上主义

艺术至上主义之极致当为福楼拜。用他自己的话说："神出现于万象之创造，而不出现于人世。艺术家对于创造的态度，也应如斯也。"因此，即使在

---

1 原文为"藩札"，日本江户时代，诸藩为解救财政困乏所发行的限于领内使用的纸币。

《包法利夫人》中展开一个Mikrokosmos[1]，亦不会诉诸于我等之情意。

艺术至上主义——至少在小说中的艺术至上主义，的确容易让人打哈欠。

## 一切不舍

某人唯有帽子是高级的，若是没有那帽子就好了——有人这么说。可是，一旦除去那顶帽了，某人的服装就一点也不显得气派，只有粗俗的外观蔓延全体。

某人的小说是充满感伤的，某人的戏曲是富于理性的。所有这些，都是和帽子一样无法选择的语言。只有帽子是高级的人，与其花工夫去除帽子，不如花工夫力求上衣、裤子和外套都变得高级起来。感伤类的小说作者，与其压抑感情，不如努力活用理智。

---

1 英语：小宇宙。

这不单单是艺术上的问题，人生也同样如此。极力克服五欲[1]的和尚，没听说有人成为伟大的和尚。成为伟大和尚的常常是那些一边克服五欲，一边抱有其他热情的和尚。即使云照[2]听到和尚罗切[3]，也谆谆告诫弟子："男根，须隆隆者也。"不是吗？

我等内部的所有之物都应当意气扬扬尽情生长。这就是上天赐予我等的唯一成佛之道。

### 赤西蛎太

一次，我和志贺直哉先生的一位读者谈起"赤西蛎太的恋爱"这个话题。当时，我说了这样的话：

"那部小说中的人物如荣螺、鳟次郎和安甲等，大都是同鱼贝有关系的名字。志贺先生也并非没有幽默感。"客人很惊奇地说："可不是吗，我可一点也没有觉察。"其实，客人比我等更加了解"赤西蛎太的

---

1　佛教词语：财欲、色欲、饮食欲、名欲和睡眠欲。

2　渡边云照（1827—1909），日本真言宗僧人。反对明治初期的废佛毁释，致力复兴佛教，希图统一真言宗。

3　僧人割断阴茎。

恋爱"。

客人绝非轻薄儿。学问、人格兼备，是个少有的"文艺通"。他之所以没有觉察到这一事实，是从志贺先生作品的类型而言呢，还是在处理这些事情上，无形中头脑囿于某一方面的限制呢？不单是客人，我等对此也应该加以注意。


## 钓名文人


自古以来，作家出书时，利用报纸杂志刊载的评论，为自己的书争得好评的人，并非少见。其中，有的为自己涂脂抹粉，有的作者在匿名的情况下，亲自出马写评论，对自己的作品大肆吹嘘一番。

德·拉罗什富科[1]是著名的箴言集的作家，但根据圣佩韦[2]所写的文章称，此人在 *Journal Des Scavans*[3]

---

1　德·拉罗什富科（1613—1680），17世纪法国道德学家的主要代表之一，用箴言的形式来评论世人的生活规范。

2　圣佩韦·查理·奥古斯丁（1804—1869），法国诗人、文艺批评家。被称为现代批评之父。

3　法国最古老的面向英语圈的学术论文杂志。

上的评论曾进行过自我修饰。况且，*Journal Des Sca-vans* 是当时发行的唯一一本杂志，那篇评论刊载于一六六五年三月九日，因此，作家利用评论这件事，具有十分古老的渊源。我一边想起拉罗什富科的箴言，一边阅读这篇报道，实际上当时的我不能不感到苦笑。细思之，日本文坛属新开辟天地，恶风亦少。但论起谄媚的批评和抬高同伙的批评，其危害也广为人知。

顺便提一下，此评论的作者是 D. 萨布莱侯爵夫人，被评论的就是那部箴言集。

## 历史小说

既然叫历史小说，就得多多少少忠实于那个时代的风土人情。但是，也有的只把那个时代的特色——尤其是道德上的特色作为主题。例如，日本王朝时代，即使男女关系的思考方法，也和现代大不一样。作者和泉式部自身对这些地方，就像对待自己的朋友一样，心平气和地进行描写。此种历史小说在和现代对照之间，自然易于给与某种暗示。梅里美[1]的《伊莎贝尔[2]》是这样，法朗士的《彼拉多》也是如此。

但是，日本的历史小说中尚未见到这类作品。日本的，大都古人之心和今人之心共通，可以说是捕捉人性闪光的快速处理的作品。不论是谁，少年的天才之中，有谁不肯另辟蹊径呢？

## 世人

据西洋杂志所载，一九二一年九月，巴黎建造法朗士雕像的时候，他自己试着做了揭幕式演说。最近读了这篇演说词，其中有这样一节："我认识人生，并不是和人接触的结果，而是和书接触的结果。"但世人亲近书本，也不一定就能理解人生。

雷诺阿说："想学画就到美术馆去。"然而，世人或许会说，与其看古代名画，不如向自然学习。

---

1　普罗斯佩·梅里美（1803—1870），法国作家，是一位具有浪漫主义艺术品格的现实主义作家。

2　伊莎贝尔一世，奠定了西班牙统一的基础。帮助哥伦布发现新大陆。

所谓世人，常常就是这类人。

## 渡火修行者

社会主义，不是是非曲直的问题。单单是一个必然。我对这一必然并不感到必然，恰似观看渡火的修行者，禁不住惊叹之情。正像那种过激思想取缔法案之类，就是一个很好的例子。

## 俊宽[1]

《平家物语》《源平盛衰记》以外，试对俊宽作新解释的尝试并非自现代始。近松门左卫门的俊宽，就是最著名的例子之一。

近松的俊宽之留岛，是俊宽自身的意志。丹左卫门尉基康携有俊宽、成经和康赖等三人的赦免令。但唯有做了成经妻子的岛上女子千鸟没有获准上船。

---

[1] 俊宽（1143—1179），日本平安末期真言宗僧人。于鹿谷山庄同藤原成亲等人，密议讨伐平清盛。事泄后遭流放，死于鬼界岛。

正使基康本想答应，但副使妹尾不允许。已经听说妻子死了的俊宽，为了使千鸟上船，杀死妹尾太郎。"因斩上使之咎，今改为留守鬼界岛之流民，以彰上之慈悲，以补上使之过。"这位充满英雄之气的俊宽，一边规劝成经、康赖等登船，一边从容不迫地说道："俊宽所乘乃弘誓[1]之船，不想乘浮世之船。"

我以前和久米正雄一起观看过俊宽的戏。演员阵容为：俊宽——已故段四郎，千鸟——歌右卫门，基康——羽左卫门，其余不记得了。俊宽那段"乘船"的道白，当时使得久米正雄大为感动。

近松的俊宽远比《源平盛衰记》里的俊宽更加伟大。不用说，送船出港时，无疑是悲叹不已。但其后，近松的俊宽或许安度余生了吧。至少不像《盛衰记》中的俊宽那样晚年境遇悲惨。——应该说，近松早就以这样的心情，描写了"不受苦的俊宽"。

但是，近松的着眼点不仅放在"不受苦的俊宽"上，他的俊宽是"平家女护岛"的登场人物之一。而

---

1　弘誓，佛语，普度众生之意。

仓田、菊池两氏的俊宽，仅以俊宽为主题。流放于鬼界岛的俊宽是如何生活，又是如何迎来死亡的呢？这是两氏的问题。这个问题，尤其是菊池氏，也会转换为这样的形式吧——"我等和俊宽一样，当陷于流岛之境遇时，应该怎样生活下去呢？"

近松和两氏的立场不同，这由《盛衰记》记事的改窜便可窥知。近松为塑造那样的俊宽，只是对造成俊宽悲剧的关键——赦免令一事加以变更。两氏自然亦不弱于近松，他们无视《盛衰记》中的记事。然而，两氏没有像近松那样，赦免令一事他们未曾改变。既然在所给的条件之内试着解释俊宽，这一点是应该保存的。

和此种情况完全相同，仓田氏和菊池氏立场的差异，也是表现在对《盛衰记》记事的变更，与变更的手法上。仓田氏让俊宽的女儿死去，菊池氏将岛变成丰沃之地——这皆是两氏为了便于塑造各自的俊宽——"受苦的俊宽"和"不受苦的俊宽"。我的俊宽在这一点上，也是追从菊池氏俊宽之踪的。唯菊池氏之俊宽，可以发见其安住于外部生活之因由，而我之俊宽则未必止于此。

可是，正如谣曲和净琉璃中的俊宽，留守于不毛之孤岛，依然能悠悠地生活。如此伟大的俊宽亦并非难以想象。只是，捉此巨鳞之事，实非现在的我所能为也。

**附记：**

出现于《盛衰记》里的俊宽，是富于机智的思想家，也是爱恋鹤之前[1]的好色者。我在这一点上特别忠实于《盛衰记》的内容。还有，俊宽的歌作，似乎劣于康赖和成经。俊宽长于议论，并非诗人之肌体。我在这一点上，依然不改忠实于《盛衰记》的态度。又，《盛衰记》中的鬼界岛，纵然不是大地，恐怕也不全是岩石。至于《盛衰记》关于海岛的记述，只要都会人摒除对于边疆的恐怖与厌恶，那就如古代风土记中所记述的一样，会成为一座十分可爱的海岛。

---

1　作品中的女主人公。

## 森[1]先生

有一年，夏季的晚上。我还是文科大学的一名学生，曾经和朋友山宫允君一起访问观潮楼。记得森先生身穿白衬衫和白士兵裤，膝头上坐着幼小的儿子。他谈论着法兰西小说和中国戏曲，谈话间，对《西厢记》和《琵琶记》多有讹误。先生有时也发现自己错了，这样反而更增添一层亲切。

房间位于可以一眼望到根津一带的二楼之上，或许是和永井荷风《晴日木屐》里描写的屋子一样。当时的先生面色晒得浅黑，虽然一副军人心怀，但不记得有谨严古板之相。这在充满英雄崇拜之念的我等看来，更像是一位快活的先生。

---

1　森鸥外（1862—1922），日本明治时代文豪，翻译家、医生。原名森林太郎，别号观潮楼主人。代表作有翻译诗集《面影》，小说《舞女》《青年》《雁》《阿部一族》等。

还有，举办夏目先生葬礼之时，我在青山斋场[1]前的帐篷内负责接待前来凭吊的宾客。一位穿着雪花呢外套、头戴礼帽的人，将名片摆到我眼前。那人仪表堂堂，神采奕奕，绝非世上常人所能有之。只见名片上写着：森林太郎。啊呀，原来是先生！当我意识到时，他早已进入斋场了。那时之所以没有认出先生，是因为当时先生的面色已经不黑了。先生从陆军退役后，不再到役所上班，更不会有被太阳晒黑之类的事了。

（未定稿）

---

[1]　即殡仪馆。

## 中国的画

### 松树图

见云林[1]只有一次。那幅画存于宣统帝所藏谓之《今古奇观》的画帖之中。画帖中的画，似乎大部分都是董其昌之旧藏。

堪称云林笔下之物者，文华殿亦有三四幅。然而，其画品远比画帖中的劲松图低劣。

我曾见过梅道人[2]的墨竹，见过黄大痴[3]的山水，

---

1　倪瓒（1301—1374），元末明初画家。江苏无锡人。字元镇，号云林子。代表画作有《松林亭子图》《江上秋色图》和《渔庄秋霁图》等。

2　梅清（1623—1697），清初画家，字渊公。安徽宣城人。善诗和书法，擅画山水，多写黄山风景。

3　黄公望（1269—1354），元代画家，号一峰、大痴道人。传世画作有《富春山居图》《天池石壁图》和《九峰雪霁图》等。

见过王叔明[1]的瀑布。(不是文华殿的《瀑布图》，而是陈宝琛[2]所藏之《瀑布图》)其凛然之气虽为人所感佩，但实不及云林也。

松自尖岩之中直指高空。树梢似石英，锋锋棱棱，云烟纵横。画中只有这一景。然而，这一幽绝世界，除云林之外未见有进入者。即如黄大痴巨匠亦未曾涉足，况明清之画人乎？

南画抒写胸中之逸气，其他皆置之不问。这仅为墨写的松树之中，大自然不是仿佛依旧活着吗？说油画是写真的，然而自然之光与影，一刻也不能说是相同的。若说莫奈的玫瑰是真，云林的松树是假，说到底不就是仅在于语意不同吗？我曾一边观赏这幅图，一边作如是想。

---

1 王蒙（1308—1385），元代画家，字叔明，号香光居士。吴兴（今浙江湖州）人。存世作品有《夏山高隐图》《青卞隐居图》等。

2 陈宝琛（1848—1935），字伯潜，号弢庵、陶庵。福建闽县（今福州）人。清末代皇帝溥仪帝师。

# 莲鹭图

志贺直哉所藏宋画中，有一幅是莲花和鹭鸶。南苹[1]等人的莲花比这幅画更接近所谓写生，花瓣之薄，叶之光泽，更是如实地加以描写，然而都不像这幅莲花，缺乏一种空灵澹荡之趣。

这幅莲花，花与叶尽皆稳健、沉静。尤其是莲子，于古色古香的缎面之上，保持着一种金属质感的美丽，更使人感觉出莲子的厚重。鹭鸶已不单是鹭鸶。似乎反捋一下背上的羽毛，毛尖儿就会扫到掌心上来。这种沉实的整体感，不仅为现代画所缺少，同时也仅见根植于大陆风土的邻邦绘画之中。

日本的画自然和中国的画互为亲族关系。然而这种亲密感觉，却不适用于古画和南画。日本的画，更轻柔，同时也更优雅。若使八大[2]的鱼，新罗[3]的鸟，

---

1 沈南苹，生卒年不详。名诠，字衡之。长于花鸟画。1731 年，入长崎，滞日两年。给日本花鸟画以深远影响。

2 朱耷（1626—1705），明末清初画僧，号八大山人。擅长花鸟，笔墨简括凝练，形象夸张。

3 华岩（1682—1756），清代诗人、书画家。号新罗山人。尤精于花鸟草虫，枯笔淡彩，别树一帜。

游于大雅之岩下，栖于芜村之树上，不是显得过于强劲有力了吗？中国的画，看来其实很不像日本的画。


## 鬼趣图


天津的方若氏的收藏品之中，有一幅珍贵的金冬心[1]的画。长二尺宽一尺的纸面上，画着各种妖魔鬼怪。

罗两峰[2]的《鬼趣图》，我曾在写真版上看到过。两峰是冬心的弟子，那幅《鬼趣图》的原形，抑或正在于此。两峰的妖怪，于写真版上看，有些地方阴森可怖；而冬心的却没有什么妖气。这种不同使得两者都很可爱。要是真有这样的妖怪，那么夜色当比白昼更加明亮。我于萧萧树木之间，望着它们群集一处，心中思忖着，即使鬼怪亦不可加以轻侮。

德国出版的一本书中，刊登的尽是妖怪图。此

---

1　金农（1687—1763），清代书画家，字寿门、司农，号冬心先生，亦自称出家庵粥饭僧。

2　罗聘（1733—1799），清代画家，扬州八怪之一。字遯夫，号两峰、花之寺僧。作《鬼趣图》，借以讽喻当世。

书中的妖怪，大都不过是玩杂耍的广告。即便上乘之物，亦有缺少自然之趣的病态的感觉。冬心的妖怪没有这些，这不仅仅是因为立场的差异。出家庵粥饭僧的眼睛，看得更为遥远些吧。

想是岸田刘生[1]吧，于古怪的寒山、拾得[2]的脸上，发现了"灵魂的微笑"。这种"灵魂的微笑"的背后，如果多少能点出顽皮的意味，那就是冬心的妖怪了。于此种水墨的薄明之中，尽是或泣或笑的可爱之异类、异形。

---

1 岸田刘生（1891—1929），日本西洋画家。近代实业家岸田吟香第九个孩子。运用东方绘画技法，创立独特画风。
2 寒山，拾得，生卒年不详，中国唐代僧人。

## 我的散文诗

### 秋夜

正想向火盆里添炭，发现炭块只剩两块了。炭筐底上的炭粉里，翻转着几片干树叶。是从何处山上飞来的树叶呢？——今天晚报上说，木曾御岳的初雪，也比历年来得更早。

"孩子爸，晚安。"

古旧的红漆书桌上有一册室生犀星[1]的诗集，临时装订在一起的几页摊开着。"我每提笔心自忧"——这不仅是这位诗人的感叹。今夜独自饮茶，一滴滴渗入心底的，依然是同样的寂寞。

"阿贞，把外面的门关好。"

---

1　室生犀星（1889—1962），日本诗人，小说家。别号鱼洞眠。作品有长篇小说《杏子》，俳句集《鱼洞眠发句集》等。

这只上釉的茶杯是十年前买的。"我每提笔心自忧"——知道这样的感叹是尔来何年之后啊！茶杯已经有了裂隙。茶也全然冷却了。

"夫人，在灌汤婆子吗？"

不知几时，火盆升起一股薄薄的烟。是什么呢？用火筷子扒开一看，是刚才的树叶在冒烟。是从何处山上飞来的树叶呢？——只要嗅到这股气息，仿佛就能透过填满墙壁的书架，望见星月辉耀的夜间山峦。

"那里有火吗？我也先睡了啊。"

## 米槠树

米槠姿态优美。枝枝干干的每一根线条，都显示着巨大的底力。上层树枝的叶子如钢铁般闪着光。这些叶子经霜也不凋落，有时为北风扇动，一度翻转着褐色的叶背，紧接着，发出男子汉般的笑声。

然而，米槠树并不野蛮。叶色、树形，显得颇为沉静。其谨严之态不耻于受传统教养培育的士人。槲树不知此种谨严，只知夸示同冬天搏斗的勇力。与此同时，米槠树并不优柔。和小阳春相嬉戏的樟树的低低细语，便是为米槠所不知晓的欢愉之情。米槠更加忧郁，代之而来的是更加沉实。

米槠为此种谨严呼唤我们的亲情，同时又因忧郁的影像而以我们的浮薄为戒。"姑且寄情于米槠，夏天亦有此林木。"两百多年前的芭蕉，已经深知米槠树的气质。

米槠姿态优美。尤其是在日光澄明的天空下，一边伸展着茂密的枝条，一边静静地耸立着，其姿态呈现着近乎庄严的景观。日本古代勇武的天才们，也都像老米槠一样，一定是悠悠然严肃地耸立着。那粗大的树干树枝，依旧保有被风雨侵蚀的痕迹……

最后再加一句，我们的祖先，像对待杉树一般，将米槠作为神仙崇拜。


## 曝物 [1]


这件淡黄色的麻布衫是我祖父穿过的。祖父原

---

1 原文为"虫干"，夏季为防霉防虫，将衣服书籍拿出来曝晒。

是江户城堡内的和尚，我已经不记得祖父了。但是，每年他的忌日供酒时，看他的画像，那是一位身穿印有家徽黑羽夹层和服、性情倔强的老人。祖父似乎喜欢俳句，现存的古老笔记本上写着几首这样的俳句——"人老腰刀重且凉"。

（哎呀，什么东西在发亮！薄薄阳光照到西窗障子上。）

那件隐纹女性羽织外褂，是祖母穿用之物。母亲也早殁了，但我却记得同母亲一起乘坐火车的情景。当时她穿的是这件隐纹羽织褂，还是那件格子和服？——只记得母亲靠着窗户，正姿叠膝而坐，嘴含小小烟管。她不时看着我的脸，一言不发地只是微笑。

（想起那竹枝，是今年新生的竹枝吗？）

白茶色的博多腰带，是幼年的我所系之物。我是个懦弱的孩子，同时又是个早熟的孩子。我的记忆中浮现出一位肤色浅黑的童女的脸。为何眷恋那位童女呢？以现在的我的眼睛看，其实是个丑陋的女孩。容我回答这一疑问，或许只是这条腰带。我仅知道酷似樟脑的记忆的馨香。

（竹枝被吹拂着，被娑婆界[1]之风所吹拂。）

## 线香

我偶然揭开低垂的布帘。……

六月里某个奇妙的薄阴的早晨。

八大胡同妓院的一间屋子。

揭开低垂布帘的房间中央，放着黑檀木的大圆桌，一位俏丽的中国少女身穿白衣，两手支撑着下巴坐在桌旁。

我怀着粗俗的羞愧，正打算照样放下布帘，但突然感到奇怪。少女默默而坐，甚至连头的位置都不动一下。不，看她那样子，是全然无视我的存在呢。

我凝望着少女，少女意外地微微闭上了眼睛。年仅十五六岁，脸上敷着淡淡的白粉，眉毛细长，瓜子脸。头发结成和日本少女一样的辫子，扎着淡蓝的

---

1 佛语，佛祖拯救教化众生的世界。烦恼和多苦的世界。

结子。穿着赶时髦的白衣，似乎是法兰西绸缎。轻柔的白衣的胸前，坠着金刚石的胸饰，闪耀着水灵灵的光亮。

少女失明了吗？不，少女的鼻端附近，放着一只莲华铜香炉，点燃着一根线香。那纤细的线香，袅袅升起的香烟。——不用说，少女闭着眼睛，正在嗅着线香的香气。

我悄悄挨近圆桌一旁，少女依旧纹丝不动。紫檀木的大圆桌，水一般澄澈，静静映照着少女的身影。面孔，白衣，金刚石的胸饰——一样都没动。唯有那根线香，闪烁的一星火光的尖端，氤氲地升起一缕青烟。

少女点燃一炷香，爱着这样的清闲吗？不，仔细一看，出现在少女脸上的并非一副安详的感情。鼻翼不住打战，嘴唇似乎时时痉挛。此外，静脉微微凸显华奢的太阳穴一带，闪耀着薄薄的油汗。……

我突然发现，这张脸布满了怎样的感情！

六月里某个奇妙的薄阴的早晨。

八大胡同妓院的一间屋子。

我后来不知是幸还是不幸，从此不再同一如这位美丽少女那种为病态的性欲所苦恼的令人伤心的面孔相遇过。

## 日本的圣母

山田右卫门作绘制了一幅天草海滩圣母受胎的油画。当天晚上，圣母"玛利亚"踏着梦的阶梯，降临到他的枕畔。

"右卫门作！这是谁的姿影？"

"玛利亚"站在画面前，气恼地回头望着他。

"这是您的姿影。"

"我的姿影？她像我吗，这位黄面皮的姑娘？"

"应该是像的。——"

右卫门作一本正经地继续说下去。

"我就像描绘本国少女一样绘制您的姿影。而且正像您所看到的，穿着插秧的衣服。不过，因为有圆光，不会被当作是一般女子。

"身后可见的是雨晴后的水田。水田对面是松山。请看一看微微悬挂在松山上空的彩虹。为了在下面显示圣灵，飞翔着一只戴佛珠的鸽子。

"当然，这样的形象不会使您感到满意。但正如您所知，我是日本画师。既然是日本画师，即使对您，也只能像对待日本人一样。难道不是这样吗？"

"玛利亚"终于明白过来，闪现出无上高雅的微笑。接着，又慢悠悠升上星月夜的天空……


## 玄关


我知道寒夜中的后街，有一家障子门上映着明晃晃火光的某一家人的玄关。不过，那装饰着虾夷松的格子门，我一次也不曾进去过。况且，被障子门所阻塞的内里，是个全然未知的世界。

然而，我知道。那玄关深处的戏剧。那是催人泪下的人生喜剧。

去年夏天，一直放在那里的老人的木屐到哪儿去了？

那古旧的女人穿的木屐和小女孩穿的木屐——

始终和老人的木屐一起放在脱鞋石上。

但是，去年秋末，那些鞋和萨摩木屐不知自何处走进了那个家。不，不光是脚上穿的东西。好几次使我感到不快的，还有那把卷得细细的阳伞！我现在还记得。正因为如此，我又对那副小女孩的木屐抱着深切的同情。

最后还有那乳母车！那是从四五天前才在格子门内看到的。请看，男女穿着等物之间，又增添了一件供婴儿摔打的玩具。

我知道寒夜中的后街，有一家障子门上映着明晃晃火光的某一家人的玄关。正如仅仅知道尚未读过的书籍的目录。

## 鹦鹉

### ——大地震备忘录之一

正像所看到的，这只不过是一份备忘录。本来，备忘录就应该按备忘录发表出来，只因缺乏时间的余裕。另外，或者缺乏心情的余裕。但是，作为备忘录发表出来，也并非毫无意义。大正十二年[1]九月十四日记。

家住本所横网町的一中节[2]师傅，名钟大夫，年龄六十三岁，同十七岁的孙女两人住在一起。

房子虽然没有受到地震的破坏，但忽然近邻发生火灾。他和孙女逃到两国[3]，身边只带着鹦鹉笼子。

---

1  1923年。

2  净琉璃流派之一。

3  东京墨田区隅田川东岸地名。

鹦鹉名五郎，脊背鼠灰，腹部桃红。其本领只能模仿五金铺的锤音和"那——鲁"（日语"有道理"之简略）这个词。

由两国前往人形町的时候，不知何时，他和孙女走散了。他担心着急，又无暇寻找。往来的人流，堆积如山的行李。他看到一个拿着金丝雀笼子的女人，穿着茶馆老板娘的服装。"也有人像我一样哩。"他说。看来，这样的余裕他还是有的。

走到铠桥，街道一侧失火了，面对着那一方向，脸上也热辣辣地像着火。想到可能是有什么东西掉了，原来是裹着电线的铅管因熔化而掉落下来。这一侧被人群推拥着，他屡屡担心鹦鹉笼子被挤坏。鹦鹉始终狂躁不已。

来到丸之内大街，看到日比谷上空烟火飞扬。警视厅、帝国剧场都起火了吧。好不容易到达楠木铜像旁边，他坐在草地上，心里一直记挂着孙女。他一边大声呼叫孙女的名字，一边在难民中到处寻找。日暮，躺在松树荫里休息。身边是做股票生意的老板，带领了几个店员。天空受到火场的熏烤，看起来到处红彤彤的。鹦鹉突然"那——鲁"叫了一声。

第二天，他从丸之内一带走到日比谷寻找孙女。"我再也不想回人形町和两国了。"他说。从午后起就觉得饥渴难耐。不得已，他只能喝日比谷的池水。孙女还是没有找到。夜里又到丸之内的草地上躺着。鹦鹉笼子放在枕边，又担心被人盗走。他看到难民们在吃日比谷池子里的家鸭，看到照亮天空的火灾现场。

第三天，他对孙女断了念，便去探望新宿的外甥。由樱田出半藏门，听说新宿也烧毁了，他考虑是否去寄宿谷中的檀那寺。饥渴愈甚。"杀死五郎，我不愿意，等其自殒之后再食之。"他想。来到九段上的途中，从政府办事员模样的人那里得到了一合[1]多的玄米，生嚼着吃下了。经过痛苦的思索，他觉得提着鹦鹉笼子，不太适合进入檀那寺。于是，随即将剩下的玄米给鹦鹉吃了，在九段上的护城河畔将鹦鹉放生。薄暮，他抵达谷中的檀那寺。和尚亲切地留他多住了几天。

---

1　计量单位，量米的杯子一杯，大约 150 克。

五日早晨，他来到我家。听说还不知道孙女的下落。平素意气扬扬的师傅，没想到会如此憔悴。

附记：新宿外甥家没有被烧毁，孙女到那里避难去了。

## 澄江堂杂记（二）

### 希腊末期的人

最近，从埃及沙漠中的赫库兰尼姆[1]的熔岩里，发现了希腊人书写的文字。时代似乎自公元前350年到公元前150年，也就是由雅典时代向罗马时代转换的中间时代。种类有论文、诗、喜剧、演说稿和信笺——除此之外或许还有其他。作者既有稍稍知名的作家，也有仅凭姓名传世的人士，自然也有名不见经传者。

但是，这些断简零墨译成现代语观之，悉为我侪所熟悉之思想。例如，Polystratus[2]这位伊壁鸠鲁[3]学派

---

1　疑为意大利的赫库兰尼姆考古区，毁坏前是古罗马的海滨渡假胜地。

2　古典史料记载，一个名叫波利斯特拉的马其顿士兵发现了气息奄奄的大流士，拿出自己的水囊给他喂水。

3　古希腊哲学家，伊壁鸠鲁学派之祖，主张人生的目的在于寻求精神快乐与心境平和。

的哲学家论述道："为摆脱所有虚伪和心劳，求得人生自由，应该知道万物生成之大法。""荡儿和守钱奴富于黄白，唯予贫乏，实乃不合道理！" Cercidas 所谓犬儒派的哲学家大泄愤慨之后，又表白刚勇的信念："遮莫我徒以救病弱、惠贫窭为己任也。"据传比他早三十余年的 Colophon 的 Phoenix 写了一首充满讽刺意味的诗："人人都以金钱为友。你若有钱，神仙也爱你。万一贫困，母亲也恨你。"最后，Diogenes 教人救援之道："据予所见，人类于百般无用之事，尝尽百般之苦处。……予已是老人，生命的太阳即将沉落。予唯教人予之道也。……天下之人悉皆互相移送虚伪，恰似一群病羊。"

此种思想，看来存在于任何时代、任何国家。总之，人类的所谓进步，似乎就像蛞蝓的足步。

## 比喻

Metaphor（隐喻）或 Simile（明喻），作文之人的劳苦，乃遥远西洋的事情。我等皆生长于痛苦的现代日本。此类事，劳苦自不必说，甚至没有时间写正确传达意思的文章。然而，唯保有一颗爱美之心，一看到西洋人美好的比喻就爱之弥切。

"茨佳莱拉的面孔涂满粉脂，但皮肤下犹如结着薄冰的河水，沉滞着些微的暗仄。"

这是 Wassermann 绘制的卖淫女茨佳莱拉的肖像。我的译文肯定很稚拙，不过，以往 Guys 描绘的卖淫女温柔的面影，却在原文中历历如绘。

## 告白[1]

"多写自己的生活，更大胆地告白。"这是屡屡劝慰诸君的话语。我也绝不是不愿意告白。我的小说或多或少，皆是我体验的告白。不过，诸君并不承认这一点。诸君劝我，要我以自己为主人公，将我自身发生的事件厚着脸皮写出来。作为主人公的我，还要在附于卷末的一览表中，将作品中的本名、假名，一

---

1 日语中的"告白"有自白之意。

排排列出来。唯有这一点，我不能不请求原谅。——

首先，对见解高明的诸君，如此观察我生活的底细感到不快。其次，借此种告白，贪取不必要的金钱和名誉也使我不快。例如，我也像一茶一样，对于交合做了记录，并将此刊载于某杂志的新年专号上。读者都很有兴趣。批评家褒扬说，迎来一个转机。朋友们愈加露骨了。——光想一想，我就浑身起鸡皮疙瘩。

斯特林堡[1]只要有钱，就不会出版《痴人的告白》。即使在不得不出的时候，也不想出本国语版。假如我吃不饱饭，真不知找个怎样的活计才好。到那时，才是真正属于自己的时代。然而，今天尽管如此穷困，朝不保夕，且身体多病，精神状态却很正常，并不见 Masochism[2] 症候。有谁会辛辛苦苦将奇耻大辱写入告白小说呢？

---

1 奥古斯特·斯特林堡（1849—1912），瑞典作家、戏剧家。描写赤裸裸的人性，作品带有自然主义和神秘主义色彩。主要剧作有《去大马士革》《死亡之舞》，长篇小说《红房子》《痴人的告白》等。

2 性受虐狂。

冠以社会主义者之名的人，不管是否是布尔什维克，悉数被视为危险分子。尤其是最近大地震之时，各种事情似乎皆为所祟。然而，提起社会主义者，那位查理·卓别林也是社会主义者之一。如果要迫害社会主义者，那么卓别林也应加以迫害。不妨想象一下，卓别林被某宪兵大尉杀害的情景吧。不妨设想一下，正在步行的家鸭被刺死的场面吧。在银幕上看过他姿影的人，也会为此大发义愤吧。若将此种义愤转移到现实中去——毫无疑问，诸君也就会变成黑名单上的人物之一。

## 游玩

这是《每日新闻》所载福田雅之助《最近美国的网球界》文章中的一节。

蒂尔登[1]断指之后，反而因祸得福。为何断指的人比以前更优秀呢？首先，因为他抖擞了精神。他很会演戏，即使碰到有把握的比赛，他也不想轻易取胜，还要陪着对手玩上一阵。本年度，因为"手指"这一不利条件，从比赛一开始就很紧张，反而更加强劲起来……

握着球拍的指头断了以后，球艺更加精进的蒂尔登，不愧是伟大的网球选手。曾经以手指而满足的他——同时又富于作弄对方的"游戏"精神，这样的他未必不伟大。不，我以为，蒂尔登本人，不是时时在心底怀念那种富于"游戏"精神的往昔吗？

## 尘劳

我也像一般卖文为业的人一样，过着匆匆忙忙的日子。学习，总是不能如意进行。两三年前想读的

---

1 比尔·蒂尔登（1893—1953），美国著名网球选手。温布尔登男子单打三届冠军（1920、1921、1930 年），全美男子单打六次优胜。

书，终于没有时间阅读。我以为，这种繁杂的生活只限于日本才有。但是，最近，突然读了记述古尔蒙[1]事迹的书，说他即使到晚年，每天也要写关于法国的一篇论文，每两周为 *Mercure de France*[2] 写一篇对话。生在尊重艺术的法国的文学家们，尚难有清闲的时候；而生在日本的我们却满腹牢骚，或许是错误的。

## 伊瓦涅斯[3]

伊瓦涅斯听说也来日本了。滞留的时间很短，也就是走马观花而已。关于伊瓦涅斯的评传，市面流行的当数 Camille Pitollet 的 *V.Blasco-Ibânez, ses romans et le roman de sa vie* 等。尽管如此，我却没有读过，只看过两三年前蟹行文字[4]杂志的一篇介绍。

---

1　雷米·德·古尔蒙（1858—1915），法国后期象征主义诗坛领袖，代表作有诗集《西茉纳集》。诗人戴望舒以及翻译家卞之琳都翻译过他的作品。
2　法国大革命时期创刊的双周刊文艺杂志。
3　比森特·布拉斯科·伊瓦涅斯（1867—1928），西班牙作家。代表作有《血与沙》《茅屋》等。
4　欧美各国的横写的拉丁语系文字。

我写小说是不得不写的结果。……我在监狱里度过了青年时代，至少坐过三十次牢。我曾经是个囚犯。经常在野蛮的决斗中蒙受重伤。我尝受着常人难以承受的肉体的痛苦。我曾沉沦于贫穷的深渊。然而，另一方面，我曾经当选为国会议员，是土耳其苏丹的朋友，曾经住过宫殿。后来，我成为一个拥有百万财富的实业家，在美洲建设了一座村庄。我之所以写这些，只是为了说明我能够将小说实现于生活之上。与其说用纸和墨水加以表现，不如说是通过几个阶段的巧妙运作得以实现。

据说这是 Pitollet 书中伊瓦涅斯的自己的话。但是，我读过之后，并不像伊瓦涅斯氏所说的那样，我没有特别感觉他将小说实现于生活之上。他觉得所做的，只是使小说的广告得以实现罢了。

## 船长

我在去上海的途中，同"筑后丸"的船长聊天。

我们谈了政友会[1]的残暴，劳埃德·乔治[2]的所谓"正义"等。其间，船长看着我的名片，歪着脑袋感叹道：

"姓芥川的人很少啊。哈哈，大阪每日新闻社——看来，你的专业是政治经济？"

我支吾着回答了他。

过了一会儿，我们又谈起布尔什维克主义之类的话题。我还引用了当月《中央公论》刊载的某人的论文。不巧的是，船长不是《中央公论》的读者。

"我是挺喜欢《中央公论》的，不过……"

船长表情尴尬地说下去。

"因为老是登载小说，就不想再买了。难道非刊登小说不行吗？"

我尽量露出遗憾的表情说：

"是啊，我也讨厌小说。我想，不登载小说就好了。"

尔后，我博得了船长特别的信任。

---

1 立宪政友会的简称。伊藤博文于 1900 年为吸收宪政党而成立的政党。1940 年解散。

2 Lloyd George Ambrose, first Baron Lloyd（1879—1941），英国政治家。

# 相扑

"不该输相扑，枕边夜话时。"这是芜村著名的描写相扑的俳句。这句"不该输"的解释，有好多想不到的异说。根据《芜村句集讲义》记载，虚子、碧梧桐两人，最近还有木村架空，都把"不该输"解释为"未来"的意思。他们解释为："明天的相扑不该输，这种不该输的相扑，成了夫妻夜间交谈的主题。"我从很早以前，就认定为"过去"的意思，现在依然理解为"过去"的意思。"今天，不该失败的相扑失败了，夜里睡在床上还在议论不休。"我就是这么理解的。如果是"将来"的意思，那么芜村必然会将"不该输"置于语调高昂的上五音之下，使之和"枕边夜话时"同样具有音调缓舒的停顿之感。这不是文法的问题，而是如何感悟"不该输"的艺术触角的问题。尤其是《芜村句集讲义》之中，子规居士和内藤鸣雪也解释为"过去"的意思。

# 猫

这是《言海》[1]里关于猫的说明。

猫，（中略）人家所畜小兽，人所知也。温柔易驯，又能捕鼠，故畜之。然有窃盗之性。形似虎，不足二尺（下略）。

可不吗，猫，无疑是盗窃了饭桌的生鱼片。不过，将此说成"有窃盗之性"。照此道理，也可以说燕有侵入家宅之性，蛇有胁迫之性，蝶有浮浪之性，鲛有杀人之性。按，《言海》的作者大槻文彦先生，至少是一位对鸟兽虫鱼具有诽谤性的老年学者。

---

1　日本最初的现代国语辞书，明治十九年（1886），由大槻文彦编著。

## 霜夜

霜夜的一个记忆。

像平常一样坐在书案前，不觉已敲响十二点了。十二点准时睡觉。今夜也赶快合上书本，收拾桌面，以便明日一坐下来就能工作。说是收拾，也没什么大不了的事，无非是归拢一下草稿和使用的书籍。最后熄灭火盆中的炭火。将铁壶中的开水灌进储水瓶，再把炭火一一放进去。火眼看着变黑了，热炭的鸣叫越来越响。水蒸气腾腾升起。多么赏心悦目，又多么百无聊赖。床铺设在旁边的房间里，这旁边的房间和书斋都在楼上。睡前一定要到楼下去，一个人悠悠地小解。今夜也要悄然下楼。为了不惊扰家人，尽量不要响动。客厅旁的一间屋里点着电灯，想是还有人未睡。那究竟是谁呢？从屋外走过去一看，原来是六十八岁的伯母，一个人正在拆拉旧棉絮。那是微微发光的丝绵。

"伯母，还没有睡吗？"我问。

"嗯，马上就完啦，你也该睡了吧？"她说。

厕所的电灯怎么开也不亮，不得已只好摸黑小解。厕所的窗外生长着竹子，有风的晚上，竹叶相互摩梭，窸窣作响。今晚却没有一点声音，默然封闭于寒冷的黑夜中。

薄薄旧丝绵，霜夜拆拉难。

## 日本小说的汉译

上海商务印书馆出版一套世界丛书，其中有一本《现代日本小说集》。编入此书的计有国木田独步、夏目漱石、森鸥外、铃木三重吉[1]、武者小路实笃[2]、有岛武郎[3]、长与善郎[4]、志贺直哉[5]、千家元麿[6]、江马修[7]、

---

1　铃木三重吉（1882—1936），作家，儿童文学家。广岛人。作品有小说《鸟集》《桑实》，童话集《湖水姑娘》等。

2　武者小路实笃（1885—1976），小说家，剧作家。和志贺直哉共创《白桦》杂志。作品有《天真的人》《他的妹妹》《友情》等。

3　有岛武郎（1878—1923），小说家，白桦派重要作家。作品有《一个女人》《出生的苦恼》《该隐的后代》等。

4　长与善郎（1888—1961），小说家，戏剧家，评论家。白桦派同人。作品有短篇小说《青铜的基督》，长篇小说《竹泽先生》等。

5　志贺直哉（1883—1971），小说家，白桦派同人。作品有小说《在城崎》《和解》《暗夜行路》等。

6　千家元麿（1888—1948），诗人，白桦派同人。作品有诗集《虹》《沧海诗集》等。

7　江马修（1889—1975），小说家，作品有小说《冰河》，历史小说《山民》等。

江口涣[1]、菊池宽、佐藤春夫[2]、加藤武雄[3]和我，共十五人，三十篇文章。其中，夏目漱石、森鸥外、有岛武郎、江口涣和菊池宽五人，为鲁迅君所译；此外皆为周作人君所译，由胡适校对。

一九二二年五月于北京——据周作人君序文中所说：

日本的小说在二十世纪成就了惊异的发达，不仅是国民的文学的精华，许多有名的著作还兼有世界的价值，可以与欧洲现代的文艺相比。只是因了文字的关系，欧洲人要翻译颇不容易，所以不甚为世间所知。中国与日本因有种种的关系，我们有知道它的需要，也就兼有知道它的便利。

---

1 江口涣（1887—1975），小说家。早年师事夏目漱石。作品有《新娘子和一匹马》等。

2 佐藤春夫（1892—1964），诗人，小说家。作品有诗《殉情诗集》，小说《田园的忧郁》《都会的忧郁》等。

3 加藤武雄（1888—1956），小说家，作品有《乡愁》《看不见的太阳》和《孔雀船》等。

接着又说到选择这些小说的标准：

我们的目的是在介绍现代日本的小说，我们选择十五个著者，大半以个人趣味为主……此外还有许多作家，如岛崎藤村、里见弴、谷崎润一郎、加能作次郎、佐藤俊子诸人，本来也想选入，只因时间与能力的关系，这回竟来不及了，这是我们非常惋惜的事。

翻译，就我自己的作品米说，译文颇为正确。此外，地名、官名、器物等名称，都加了适当的注释。

例如，《罗生门》中：

带刀——古代的官，司追捕、纠弹、裁判、诉讼等事。

平安朝——西历七九四年以后约四百年间。

不过，有的注解多少有欠妥当之处。

例如，加藤武雄君的《乡愁》中对"deko 坊"（凸哥儿），注释为：

Dekkobō——原意是前额突出的小儿，后来只当作一种亲爱的诨名。

这条注释是可以的。但注释"山手"：

山手——原意是近山的地方，此处却专指东京本乡一带高地……云云。

这种注释就有些含混不清。"牛込"的"矢来"，不应该归入本乡一带高地。不过，举出这些例子不是为了数落白璧之微瑕，即便稍欠妥当，也只是微乎其微的程度。

前面说过，卷首有周作人君所作序文，卷末附录对各个作家的简介。应该说，这也是颇得要领的。

例如，武者小路实笃——生于一八八五年，"白桦派"中心人物。近来于日向建设"新村"，实行耕读主义。他的著作单纯真率，不施技巧，自具清新之气，极有感人力量。他在"三十之时"（一九一五年）的序中，曾这样说。（下略）。等等。

此举较之现代日本所进行的西洋文艺翻译书籍，并无逊色之处。若更加详细些介绍，或许更有意思。鉴于比较麻烦，就到此为止吧。

大正十四年（1925）三月

## 两种希望

### ——假若我能死而复生

　　假若我能死而复生，同时保持现在自己的个性，那么我仍然想托生为人。只想头脑少许聪明些，肉体再健康些，做一个仪表堂堂的好人。希望尽量生在有钱人家，一生不为吃喝劳苦奔波。有人说，生在富豪之家，因为不吃苦、不战斗，反而得不到健全发展。不过，若能保持我的个性，这一点完全可以放心。所以，还是生在有钱人家更好。

　　此外，我还在考虑这样一件事。假如真能死而复生，那就托生为较之人类低等的马或牛，然后作恶而死。这样一来，虽不知是神还是佛，总会有一种东西，使我变成比马牛更加劣等的麻雀或乌鸦。要是再作恶而死，下回就会变成鱼或蛇。再作恶而死，将变成蝴蝶或蚯蚓。再作恶而死，将变成松树或苔藓，再作恶而死，那就只能变成细菌了。这种细菌再次作恶而死的时候，神或佛或某种不可知之物，究竟会将我如何处置呢？想到这里，我真巴望托生为马或牛，顺次作恶而死去。

# 雪

　　某年冬天，一个阴霾的午后，我透过中央线火车车窗，眺望一列山脉。不用说，山上一派银白。然而，与其说那是雪，毋宁说是近似山脉的皮肤之色。我注视着山峦，蓦地想起一件小事来。

　　已经是四五年前的事了。同样是冬季阴霾的午后，我在一位朋友的画室里——坐在一个低劣的铸铁火炉旁，和他还有那位模特儿一起聊天。画室中除了他本人的油画之外，没有任何装饰物。那位衔着香烟的短头发模特儿——她具有混血儿的一种美艳。但，不知出于怎样的考虑，她将天然长成的睫毛拔得精光，一根也不留。

　　话题不知不觉转移到当时严寒的气候上。他讲述了如何感知庭院里泥土的季节，其中说明了如何感知院子里泥土的冬天。

"就是说，我感到泥土也是有生命的。"

他在烟斗里塞满烟丝，轮流看着我们的脸。我一声不响，只顾啜着那没有香味的咖啡。然而，听了这话，那位短发的模特儿似乎有所感慨。她抬起通红的眼睑，注视着自己喷吐出来的烟圈，然后依旧望着空中，自言自语地说道：

"那就和肌体相同啊，我开始做这份生意之后，肌体完全荒废掉了。……"

某年冬天，一个阴霾的午后，我透过中央线火车车窗，眺望一列山脉。不用说，山上一派银白。然而，与其说那是雪，毋宁说那是近似人的鱼皮肌的那种颜色。我注视着那山峦，蓦地想起那位模特儿，想起那位没有睫毛的混血儿的日本姑娘。

## 澄江堂杂咏

### 腊梅

　　我家后院墙根旁，有一株腊梅。今年，依然屹立于筑波山的寒风中，绽开了几朵琥珀色的花。这棵树是从我们老家旧宅移栽到田端这里来的。打开嘉永年号刻印的《本所绘图》，就能看到土屋佐渡守的宅第前，标记着小小的"芥川"两个字。这个"芥川"就是我家。自德川家瓦解之后，我家连不多的扶持也失掉了，每天早晨，炊烟不升。父亲、叔叔，立于道侧，变卖家产，祖父的腰刀都没有保住。眼下，只有这棵腊梅传至十六世孙。

　　风雪腊梅秀，花枝寒且透。

# 酒壶

明星耀酒壶，阵阵杜鹃鸣。

这首俳句作于茶屋二楼。其后，再也没有见过那种形状可人的一对酒壶了。我在苦吟这首俳句的时候，那位色香迷人的老婆子艺妓，随口唱道："站在四条桥，看到什么景？看到一盏灯。那是什么灯？二轩茶屋灯。"（歌词自然是记得不确切的。）

## miyarabi[1]

据佐藤惣之助君送我的《琉球诸岛风物诗集》上所说，琉球语中呼"娘子"为"miyarabi"。

"miyarabi"，这个词太美了，即在礼单的开头缀上一首短歌送之。在佐藤君看来，不管什么，只要说一句"miyarabi"，一切都变得融合圆满。

---

1　日语中汉字"雅"的发音为"miyabi"，此处或为变音，亦未可知。

打着遮天大和扇，"miyarabi"好风流。

## "今户猫"

尚未写过"画赞"之类的东西。下岛先生将冈本一平君所绘夏目先生的一幅戏作画送给我，思索良久，终于做了一首俳句。

饼花[1]献给"今户猫"。

"今户猫"或许行不通，然而作者说的是"今户狐"，因而，称"今户猫"亦未尝不可也，勉强为之。

## 松

大正十二年（1923）九月七日，前往芝地[2]。姐姐和弟弟家，周围一片焦土。往日举办竹田画展的有钱

---

1 将各种颜色和形状的糕饼、团子系于柳枝之上，点缀于室内或佛龛。
2 东京都港区地名，包括芝公园、增上寺、泉岳寺和东京塔一带。

人家也变成灰烬，只是凸立着烧火棍般的米槠树干。看来，那些画品也被烧掉了。增上寺平安无事。三门前的松林没有变化，可喜可庆。

松风鸣现世，夏帽下相闻。

## 沙罗花

沙罗木也生在植物园里。我看见的是在人家院内。如玉的花瓣，馨香四溢。花下有名叫太湖石的石头。如今到底怎么样了？那位相知的朋友，也仅仅有所风闻而已。

一年又是水无月[1]，垂首如闻长太息。
花落花开两由之，犹见多情双眸戚。

---

1 即阴历六月。

## 微笑

　　大学毕业那年夏天，我和久米正雄一起去上总[1]一宫海岸游玩。虽说是去游玩，但无疑也要读书，写稿子，但一天中的大部分时间，不是泡海水，就是散散步。

　　一天晚上，我们到一宫街上散步，等到了看不清人脸的时候，我们便缓缓走回住地。通向旅馆的道路，其间必须经过长满莎草和防风的沙山。正好爬到山顶时，久米喊叫了一声，一溜烟跑下山去。我不知发生了什么事，只以为有必要奔跑，于是决定随他身后也一起跑下去。这大概是因为，置身于看不到一个人影的沙山之上，又加上独自一人所产生的恐怖的结果吧。然而，不管怎么说，久米初中

---

1　日本千叶县中部地区的古称。

时代是个棒球运动员呢。我尚未跑出一百米光景，久米忽然消失了踪影。

十分钟过后，我气喘吁吁地回到我们临时租借的宿舍的房间。房只有两间，眼界同样开阔，却不见久米的身影。不过，我看到了他脱下的濡湿的木屐，就知道他已经回来了。于是，我便大叫：

"喂，久米！"

一个声音，不知从哪里传来：

"什么事呀？"

不过，我还是闹不清他在哪里。

"喂，久米！"

我又一次喊道。

"究竟什么事呀？"

久米再一次回答。这回，我大致弄清了久米所在的地方。我沿着回廊走到洗手间旁，问道：

"你为何拼命奔跑？"

我的声音无疑含着几分愠怒。于是，久米也愤愤地回答道：

"不跑就来不及了呀。"

自那之后，七八年的日月似水流年。我在为不知不觉变得光秃的额头而悲叹。久米也一定不敢再像当年那样奔跑了吧？

### 漱石山房的冬天

我和年幼的 W 君，在老友 M 的陪伴下，走进阔别已久的先生的书斋。

书斋改建到此处以后，光线变得十分昏暗。还有，那张中国五只鹤地毯，也不知不觉褪了颜色。最后，原来和厨房的分界线——立着印花布障子门的地方，现在变成摆放先生遗像的佛坛了。

但是，外面没有改变。依然有塞满西洋书籍的书架，有写着"无弦琴"的匾额，有先生每天写作的紫檀小书桌，有煤气暖炉，有屏风。廊外有芭蕉，在扫着房檐的芭蕉叶的遮挡下，一枝硕大的花朵腐烂了。还有铜印，还有陶瓷火钵。还有天花板上鼠啮的破洞……

我抬头望着天花板，自言自语：

"天花板的贴纸没有更换啊。"

"换是换了，敌不过老鼠坏东西的啃咬。"

M爽朗地笑道。


十一月某个夜晚，这座书斋有三位客人。其中的O君，是笔名叫作绵拔瓢一郎的大学生。其余二人也是大学生。不过，他们都是O君今晚介绍给先生的。一人穿裙裤，另一人穿制服。先生对这三位来客讲了下面的话：

"自己一生只有三次喊过万岁。最初……第二次……第三次……"

穿制服的大学生因为膝头寒冷，始终打着哆嗦。那就是当时的我。另外一个大学生——穿着裤裙的是K。K因为牵连某一案件，先生去世后再没来过。同时，他也和老友M绝交了。这件事已经广为人知。

另一次是十月的某个夜晚，我独自一人在这座书斋里和先生促膝谈心，话题是关于我的身世。"卖文糊口，也好。不过，买方是生意人。要是——全照他们的要求做，谁受得了？因为贫穷，应该警惕滥作。"先生说了这段话之后，接着道，"你还年轻，或许还想不到这些危险，我这是代你先考虑了。"

至今，我还记得当时先生的笑容。啊，我甚至也记得黑暗房檐下芭蕉的震颤。但我没有自信断言我忠于了先生的训诫。

还有一次是十二月的一个晚上，我依然在这座书斋，守着煤气火炉。同我一起坐着的，是先生的夫人和M。先生已经去世。M和我向夫人打听了先生的种种往事。其中一件事是，先生坐在小书桌前一边挥动蘸水笔写稿，一边为地板透风而苦恼。然而，先生却满怀豪情地说道：

"和京都一带茶人的房子比比看吧，虽说天花板上全是破洞，可我的书斋还是很雄大啊！"

破洞至今还是破洞，先生已经死去七个年头了……


当时，年轻的W君的话，打破了我的回忆。

"那些日本书籍，遭受虫蚀了没有？"

"是被虫蚀了，那些书敌不过虫子。"

M把W君带到高大的书架前边。

※

三十分钟后，我冒着夹杂尘埃的风，同 W 君一起走在大街上。

"那座书斋，冬天里很冷吧？"

W 君拄着粗大的拐杖，这样对我说。同时，我心中清晰地浮现出那里的情景——先生那座萧条的书斋。

"是很冷啊。"

我意识到胸中涌起一股激情。然而几分钟沉默后，W 君又开腔了。

"我说那位末次平藏[1]啊，经查对和别国贸易许可证书档案，他又于庆长九年八月二十六日领得了许可证……"

我默默地继续朝前迈步，一边顶着夹杂尘埃的

---

1　江户时代海上对外贸易官员末次家族，平藏乃通称。1592 年，从丰臣秀吉手里领取朱印状，从事海外贸易。后任 "长崎代官"，专权于长崎政务。全家族终因走私而遭处罚。

　　　狂风，一边对 W 君的轻浮满怀憎恶。


　　　　　　　　　　　　　大正十一年（1922）十二月

## 续澄江堂杂记

### 夏目先生的书法

时常有人找我鉴定夏目先生的书法。有的只因是真正的赝品，其实凭我的眼光实在难以判定其真伪，而是自动现出了原形。最近，我遇到一把在这些赝品中根本无法想到是赝品的扇子。不错，写在扇面上的俳句，附着"漱石"的名字，但确实不是夏目先生所写。这位"漱石"究竟何许人也？乃太白堂三世村田桃邻[1]，最初的名字也是"漱石"。可是，我所见到的扇子没有这般古老。我对这位并非赝品而被称作赝品的扇面作者，寄予很大同情。因此可以说，近年来，那些近似夏目先生书法的真正

---

1　村田桃邻（1734—1801），江户中后期俳句诗人。

的赝品，似乎增多了。

大正十四年（1925）十月二十日

## 霜来之前

每日眺望庭院。苔藓最美的时候是霜来之前，——约莫十月底。还有，霜来之前，"光叶石楠""厚皮香"等树木，绽放着红芽，既美艳无比，又哀怨非常。（同年十一月十日）

## 澄江堂

有人问我，为何叫作澄江堂呢？要问为什么，也没有什么特别的因由，不知何时就自然号称"澄江堂"了。一次，佐佐木茂索君问我："你喜欢上 sumie 这位艺妓了吗？"[1] 当然没有这回事。我想，这是源于我常常取些不脱离本名之外的名称吧。（十一月十二日）

---

1 "澄江"两字的发音为 sumie。

## 雅号

雅号这东西，同作品一样，显示着人的个性。菱田春草[1]少年时代，用过"骏走"之号。少年时代的春草，已经决心奔驰不休了。这么说来，正宗白鸟以往号称"白冢"吧？或许我记忆有误。不过，如果无误，这个名号足以使我想起少年时代的正宗氏。我以为，过去的文人们具有几种雅号，未必是出于玩乐，而是应他们趣味的进步自然形成的爱好。（同前）

## 席勒的头盖骨

席勒的遗骨，自从他去世那年——一八〇五年以来，一直被完好保存在魏玛公爵的祖先墓地里。然而，二十年后，趁祖墓改建之际，唯有头盖骨赠给了歌德。歌德将这位老朋友的头盖骨安放在自己的书桌上，作了一首题为《席勒》的诗。不仅如此，奥维兰

---

1　菱田春草（1874—1911），日本画家，参与创立日本美术院，致力于革新日本画。代表作有《落叶》《黑猫》等。

德[1]等人不辞辛劳，专门制作了名为"守卫席勒头盖骨的歌德"的半身像。不过，这已经不是席勒，而是另一个人的头盖骨（真的席勒的头盖骨，近年来好不容易才被解剖学教授所发现）。我读过这篇故事，仿佛看到魔鬼的恶作剧。对于别人的头盖骨那般感动，自然显得很是滑稽。不过，假如那头盖骨丢了，《歌德诗集》至少要缺少一篇《头盖骨》的诗。（十一月二十日）

## 美人祸

强迫歌德离开魏玛的宫廷的，是海根多夫夫人。还有，使得叔本华作出一世一代之恋歌的，也是这位海根多夫夫人。对于前者抱有反感的女性，除了她没有第二人。对于后者抱有好感的，自然也只有她一人。总之，单从惹得两位天才或恨或爱这一点来说，她就不是一般女子。现在从照片上看，大大的眼睛，尖尖的鼻子，看来是个非比寻常的美人。（二十一日）

---

1　阿努尔夫·奥维兰德（1889—1968），挪威诗人。二战中创作爱国诗篇，鼓舞国民同德国法西斯战斗。代表诗作有《寂寞的祭典》《面包和酒》等。

## 心不在焉

我做教师的时候，有一次忘记打领带，若无其事地到处走来走去。幸好被当年的菅忠雄君看到了。后来到学校去，看到一位物理教官忘了佩戴衬领，只有一根领带耷拉在衬衫外。在旁观者眼里，我俩或许实在有些可笑。（二十二日）

## 同上

我和菊池一块儿去长崎时，在火车上大谈文艺。其间，我定睛一看，菊池两手在旋转一把阳伞。我自然喊了声："喂，瞧你。"于是，菊池苦笑着，把阳伞交给了身边的夫人。我也不再谈论文艺了，随即攻击起菊池的心不在焉。也只是在这个时候，菊池投降了。但是，离开长崎的时候，我不小心把雨衣外套忘在上野屋了。菊池或许有些不悦，或许有些气恼地大笑着说："你也不用再夸自己多细心了。"（同上）

## 龙村平藏[1]氏的艺术

现代的世界难以生存。在这艰难时世之中,龙村平藏先生埋首于织造每条仅值两千元至三千元[2]的女用和服腰带,这种事或许会被人讥笑为和时代的大潮相去甚远吧。甚至还有人看到为这种奢侈品而耗费生产力感到愤愤不平。

然而,这种女用和服腰带不单单是腰带,说是工艺品更是艺术品,具有可供鉴赏的性质。无论现在世道如何艰辛,明天或许连大米饭都吃不上,鼓吹那种对奢侈品一概加以排斥的思想,以及对龙村先生的事业及作品进行责难,都是不应该的。基于此种意味,面对排闼而来的万恶无比的时势潮流,毅然将龙村先

---

1 龙村平藏(初代)(1876—1962),丝绸工艺家。大阪豪商出身,十七岁从事织造艺术。1958年,获紫绶褒章。

2 日元。

生的腰带推介于天下，不能不使我感到无上喜悦。

　　当然，这丝毫不意味我是个善于鉴赏纺织工艺的人，甚至可以说，我对这方面的历史或科学知识依然很生疏。因此，龙村腰带和滔滔于当世的"西阵织[1]"相比——或者说从吴织[2]绫织到川岛甚兵卫[3]，经过上下两千年的织造史，应该占有如何地位，这方面的信息可以说毫无所知。因此，我这影响薄弱的推荐，对于龙村或对于我本人都是极其遗憾的事情。但同时正因为如此，我才不会妄自贬斥同行业的各位艺术家，可以安心地向普天之下推荐龙村腰带。这对于同行业的诸位艺术家，乃至对于我本人来说，又不能不说是值得庆幸的事。

　　龙村腰带大多将独特的经纬组织纵横加以灵活处理，其结果正如泥金、堆朱[4]、螺钿、金唐革[5]、七

---

1　京都西阵手工织造的高级丝绸。

2　古代由中国吴地（苏州）传来的织造工艺。

3　川岛甚兵卫（1853—1910），纺织工艺家。京都人，对西阵织贡献巨大。渡欧后将日本织艺和外国技术加以结合，在原来"唐织"的基础上，创造出瑰丽多彩的织物艺术精品。

4　雕漆画。

5　描金的花鸟皮革画，通常用来制作手袋或香烟盒。

宝[1]、陶瓷，乃至竹刻金石等，能自由自在地捕捉到品种众多的艺术品的特色。但是，我所叹服的是，并非单单模拟这些艺术品所获得的意味。假如除此之外别无其他，那么就像近来到处出现的不用油画颜料却类同油画的日本画一样，只是仅仅满足一时好奇心罢了。

然而，龙村腰带料子中，十分巧妙地吸收了这些艺术品的特色，所以比起织物本身的特色，更加丰富调和，几乎可以用"精深微妙"加以形容，由此获得了可怖的完美无缺的艺术。我不得不对这种完美的艺术俯首致意。不客气地说，比起价值百万的足利时代的"能乐剧"的戏装，龙村腰带更加纯洁，使人不得不佩服得五体投地。

我之所以推介龙村君，其理由只是出于此种敬服。但这种敬服对于我来说，是严肃而又严肃的事实。因此，我提出以上所说的我的这些感想，是希望我们《东京日日新闻》的广大读者诸君能多多关注龙

---

1　景泰蓝。

村先生的艺术。尤其是和《日日文艺》栏目有着深厚缘分的文坛诸子，对于为了与诸君相同的文艺，焦虑、恶斗、绝望，最后打开新局面而理应受到尊敬的Confrère[1]事业，请务必多加留意。为什么呢？因为据我所知，诸君子之间应该谈论的天下英才之名中，首先应推龙村平藏先生。

---

1 法语：同业者。

# 父亲

这是我中学四年级时候的事。

那年秋天，从日光到足尾[1]，举行了外宿三夜的修学旅行。学校发的油印通知书上写着：

早上六点半上野车站前集合，六点五十分发车……

当天，我没有吃早饭就离开了家。若是乘电车，要不了二十分钟就能到达车站，虽说这么想，但还是感到心急如火。我站在车站柱子前等待电车那会儿，也是时刻感到不安。

不巧，天阴了。各地工厂传来的汽笛声，震动了

---

1　日光和足尾都是日本栃木县地名，2006 年合并为日光市。

鼠灰色的水蒸气，又都化作雾雨，眼看就要降落下来。寂寥的天空之下，火车从高架铁道上通过。马拉货车走向被服厂[1]。家家店铺逐一开门了。我所在的车站也有了两三个人，他们都在阴郁地打理自己那副睡眠不足的脸孔。气候寒冷。——这时，优惠电车进站了。

穿过拥挤的人群，好容易抓住吊环，不知是谁从背后拍拍我的肩膀，我连忙转过头去。

"您好。"

原来是能势五十雄，他也和我一样，穿着蓝色的粗呢制服，卷起外套搭在左肩上，扎着麻布绑腿，腰间坠着饭盒袋子和水壶。

能势和我毕业于同一所小学校，又进了同一所中学。虽然没有什么特别优秀的科目，但也没有什么太感困难的科目。尽管如此，对于一些小事，他凭借聪明的资质，如流行歌之类，只要听一次，立即就能记住节拍。而且修学旅行途中，晚上住进旅馆的夜晚，就自告奋勇地演唱给大家听。吟诗、琵琶、单口

---

1 为日本陆军部队提供被服品的调度、分配、制造、贮藏等职能的组织。

相声、说唱、表演、魔术……无不精通。此外，他在运用姿势和表情逗人发笑这方面得天独厚。因此，在班级里和老师中间，对他的评价都不坏。不过，他和我虽然互有往来，但并不十分亲密。

"你也很早嘛。"

"我一直都很早。"能势说着，抽动一下鼻子。

"可是，最近你也迟到过。"

"最近？"

"上语文课时。"

"啊，被马场斥骂的那次吗？常在河边走，哪能不湿鞋。"

能势有个习惯，动辄就对老师直呼其姓。

"我也被那位老师骂过。"

"因为迟到吗？"

"不，是忘记带书了。"

"仁丹总是爱找碴啊。"

"仁丹"是能势给马场老师起的外号。

——说着说着，电车到站了。

和乘车时一样，好容易挤过密集的人群，下了车进入车站，时间还早，同班同学只有两三个人。大家互相打了招呼，争先恐后坐在候车室的椅子上。接着，能势又像平时一样，滔滔不绝地开腔了。大家出于现在这个年龄段，都习惯说"咱"，而不说"我"。这些称自己为"咱"的一伙人，嘴里谈论的尽是些旅途的设想、每个学生的人品以及教师们的坏话。

"泉很狡猾，他有教员用的选择题，从来不复习。"

"平野更狡猾，那家伙考试时，都把历史年代写在指甲盖上。"

"这么说，老师也很狡猾呀。"

"可不是吗，本间对于'receive'中的 i 和 e，哪个在前边都搞不清楚。因为是教师，随便糊弄过去就算了。"

大家谈论的都是有关"狡猾"的事，没有一件是假的。其间，能势却对坐在我身边椅子上看报的一位工匠般的男人品评起来。他批评那人的鞋子是"啪金利"[1]鞋。当时，流行一种名曰"马金利"的新型款

---

1 原文为日语拟音词"啪金利"，形容"炸裂"的声音。这里是幽默的说法，指鞋子绽开了裂口。

式的鞋子，而这位男子的鞋全然失去光彩，而且尖端绽开了大口子。

"这双'炸弹鞋'真棒。"说罢，大家一时都笑了。

其后，我们带着快乐的心情，注视着进出这座候车室的形形色色品头论足，冷言冷语，恶意相加，只有东京的中学生们才能说出这些话来。对于这类事情，我们之间没有一个老实巴交、甘愿落后的人。其中，以能势的话语最为辛辣，且最富于谐谑的意味。

"能势，能势，瞧那位夫人。"

"那女子的脸像怀孕的河豚。"

"这个红帽子搬运工像什么呢？能势。"

"那家伙像查理五世[1]。"

最后，能势单独一人承担起对那些人恶评的任务来了。

这时，有的同学发现时刻表前站着一个奇怪的人，正在查对细小的数字。那人身穿葡萄紫的上装，两腿像体操使用的球杆一般纤细，套着灰色的粗格裤

---

1　神圣罗马帝国皇帝，16世纪欧洲最强大的君王。

子。老式宽沿的黑色帽子下，露出花白的头发，看样子已经上年纪了。然而，脖子周围却围着一条黑白格子的手帕，胳肢窝里夹着长长的寒竹手杖，远看像根鞭子。看那服装、态度，一切都好似从 *Punch*[1] 上剪下的插图，原封不动拿来放置到这座车站熙熙攘攘的人群里了。——我们中间的一个，看到又有新的恶评的材料而高兴万分，他一边笑着，一边拉住能势的手。

"喂，你看那家伙怎么样？"他问。

于是，大伙儿一齐望着那个奇妙的男子。那人稍稍扬着身子，从背心的口袋里掏出系着紫色穗子的镍制怀表，仔细地同时刻表上的数字两相对照。看到那副侧影，我立即认出他是能势的父亲。

但是，那些同学没有一个人知道，所以大家都在好奇地瞧着能势的脸，准备听听能势亲自对那位滑稽的人物给以适当的形容，然后哈哈大笑一阵。对于一个中学四年级学生来说，是无法推测当时能势的心

---

1　1841 年创刊的英国著名漫画杂志。

情的。我差点儿说出"他是能势的父亲"这句话来。

这时，我听到能势说道：

"那家伙吗？那家伙是个伦敦的乞丐。"

大家一阵哄笑起来。不用说，其中也有人故意一边扬起身子掏出怀表，一边看着能势的父亲，模仿他的一举一动。我不由低下头，因为我当时再也不敢看一下能势的脸孔。

"那家伙确实像乞丐。"

"看，看，瞧那帽子。"

"像不像背阴的街道？"

"哪里像背阴街道啊。"

"那么就像博物馆。"

大伙儿又高声大笑起来。

阴天的车站，像傍晚一般晦暗。我透过那层薄暗，偷偷看着那位"伦敦乞丐"。

这时，不知不觉出现了淡淡的阳光，狭长的苍茫的光带从高高的天窗中斜斜照射下来，照进来的光线罩上了暮色。能势的父亲正好站立在光带之中。——周围，所有的东西都在运动。眼睛所及之处和不可及之处，也在运动。这种运动没有任何声音。这座巨大的建筑物内部被雾气遮蔽了。但是，唯有能势的父亲没有动。这位穿着同现代无缘的洋服，并且同现代无缘的老人，置身于令人眼花缭乱的流动着的洪水般的人群中，戴着超越现代的黑呢帽，右手托着紫红穗子的怀表，依然像一基水泵一样，伫立于时刻表前……

后来无意听到，那时，能势的父亲在大学的药店工作，听说能势要和我们一起去修学旅行，趁着上班时顺路，瞒着儿子特意到车站来了。

能势五十雄，中学毕业后不久，染上肺结核死了。在学校图书室里举行追悼会时，我站在戴着制帽的能势的遗像前致悼辞。"你对父母可要尽孝啊。"——我在悼辞里加了这么一句话。

## 结婚难与恋爱难

你知道雪拉伊德的故事吗？雪拉伊德是个美若天仙的公主。查遍所有文献，都说她脚如蜡石，腿如象牙，肚脐如珍珠贝孕育的珍珠，腹如雪花石膏瓮，乳房似百合花束，颈项似白鸽，头发赛香草，眼神甚似宫殿的池水，鼻子犹如城门楼堡……她是万人之中也寻不到一个的绝代佳人。

这位雪拉伊德，到了一定年龄自然要谈婚论嫁了。要是在日本，亲戚朋友，甚至女校校长，随便什么人都可以委托他们介绍。要是在西方，有母亲、姐姐充当参谋，为捕捉未来夫婿制定对策。雪拉伊德既然是公主，天性聪慧，她要选择自己瞧得上眼的王子或宰相的儿子作为终身伴侣。下文列出的候选人名单，是雪拉伊德公主立志结婚之后，经过三年七个月零十六天才制定出来的。原文刊载于《东洋文库》

"阿拉伯部"的 Z138 号文件。笃学之士可以看看。这里只抄出除去人名的大略情况。

第一号　印度王子。体格伟岸，仪表堂堂。然而不太聪明，听说有一次误将大象当作大山，差点儿被踩死。

第二号　波斯王子。美艳似女子，但荒淫无度。目下拥有妃子六百人，姬嫔两千三百人，至于女奴多少万人，没有谁能说得清楚。

第三号　雪拉伊德本国宰相之子。年尚轻即富才智，然天生佝偻，甚为遗憾。

第四号　巴比伦王。所蓄金银珠宝或称世界第一。唯好残虐，屡屡切削侍女之耳伴玉葱食之。

第五号　中国王子。其美貌同波斯王子不相上下。然极为懒散，甚至擤鼻涕亦需宦官侍候。

第六号　利迪亚[1]王宰相之子。别无缺点。然前妻和侧室之子计二十五人，其中竟有一人被称为两脚鸡怪物。

---

1　公元前 7 世纪，建立于小亚细亚西部的古代王国，首都萨迪斯。公元前 546 年，为波斯所灭。

第七号　米底亚[1]王之子，勇武无双，然至今为借款不惜出卖其父之首。

第八号　犹太王宰相之子。工于诗歌音乐。然好男色，终生不娶。

第九号　埃及王子。容貌昳丽，才学出众。此外，引弓涉猎，无人可比。若同这位王子结婚，亦可共享沙漠长旅。明日，即向两位陛下提出——据闻，王子不巧游泳时遭鳄鱼所噬。

第十号　魔神王张本张。居所不明。

当然，候选人不仅限于这些。《东洋文库》"阿拉伯部"的 Z138 号文件，实际上已经列出二百八十名候选人。不过，这些候选人谁也不合雪拉伊德的意。公主每日以侍女为伴，生活在盛开石榴花和番红花的皇宫之中。然而，支配着我们的恋爱，总有一天会捉住这位美丽的阿拉伯公主。一个皓月当空的夜晚，雪拉伊德和她的恋人悄悄逃出了皇宫。

阿拉伯恋爱至上主义诗人、"大"迪扎尔，这样

---

1　公元前 7 世纪，伊朗古代国名，以伊朗为中心。公元前 550 年，并入波斯帝国。

> *雪拉伊德啊，沙漠的玫瑰！*
>
> *你的恋人多么幸福。*
>
> *你是你的恋人的手杖，*
>
> *你是你的恋人的牙齿。*
>
> *你的恋人多么幸运。*
>
> *啊，雪拉伊德呵，沙漠的泉水！*

"你的恋人的手杖""你的恋人的牙齿"，听起来或许多少有些奇怪。但是，美丽的雪拉伊德的恋人——你猜猜看，他是怎样的男人？

美丽的雪拉伊德的恋人，是个时年七十六岁、又丑又黑的奴隶。

### 钢琴

秋天的某个雨日，我到横滨山手区去看望一位朋友。这一带满目疮痍，和地震当时几乎没有什么不同。若稍稍举出些变化，那就是一片崩落的硅藻土屋顶和砖墙堆里，长出了藜藿。一座房屋倒塌后的废墟上，一架张开盖子的变形的钢琴，一半夹在墙壁里，键盘经雨水洗涤，泛着亮晶晶的光芒。不仅如此，大大小小各种曲谱，或桃红，或水绿，或浅黄，封面上印着蟹行文字，湿漉漉地散落于荒草之中。

我和朋友谈论着一件繁杂的要事，话老是说个没完没了。到了夜晚，我终于离开了那人的家，分别时相约再度面谈。

幸好，雨晴了。风清月朗，天空时时露出光芒。我为了准时赶上火车（不准抽烟的国营电车，自然是禁止我乘坐的），尽量加快步子。

这时，突然听到有人弹钢琴的声音。不，与其说是"弹"，更像是"触摸"。我不由放慢脚步，环顾着荒凉的四周。钢琴细长的键盘在月光下微微闪耀着，那正是荒草中的钢琴。——然而，看不到一个人影。

只是响了一次，无疑是钢琴发出的声音。我有些害怕，再次加快了脚步。当时，我身后的钢琴确实又发出了响声。我当然没有回头，急急忙忙赶路。一阵孕育湿气的风，吹送我前行……

我无疑是个现实主义者，不会对钢琴的响声给出超自然的解释。固然看不见一个人影，但倒塌的墙壁一带，或许有猫潜藏着。如果不是猫，我也能举出黄鼠狼或蛤蟆之类的。然而，钢琴不通过人手而发出响声，实在是奇怪的事。

五天之后，我因同样一件事走过同一个山手区。钢琴依然蹲在藜藋之中。或桃红，或水绿，或浅黄色的曲谱，依旧散乱，和以前没有变化。只是今天，坍塌的砖瓦和硅藻土，在秋晴的阳光下闪耀着光亮。

我避免踩着曲谱走到钢琴前。如今，钢琴在眼前看起来，键盘的象牙失掉了光泽，盖子上的油漆也剥落了。尤其是钢琴腿上，缠络着葡萄葛似的蔓草。面对这架钢琴，我似乎感到了一阵失望。

"这个也能发出响声？"

我自言自语道。这时，钢琴忽地发出微微响声，仿佛在斥责我的怀疑。但我并不感到惊讶。不仅如此，我浮出微笑。钢琴今日在阳光下展现着白白的键盘，谁知这时正有一颗栗子，不知不觉掉了下来。

我回来的路上，再一次回顾这片废墟。好不容易看到一棵栗子树，被硅藻土的屋顶压弯了，斜斜地遮盖着钢琴。但两者都完好无缺。我只是注视着荒草中弓形的钢琴，自从去年地震以来，这钢琴一直保持着无人知晓的响声。

# 梦

据说，梦中看到色彩是神经疲劳的证据。然而，我从孩童时起，就一直做着有色彩的梦。不，我不相信会有什么没有色彩的梦。不久前，我在梦中的海水浴场，邂逅了诗人 H.K 君。H.K 君戴着草帽，披着美丽的蓝色斗篷。我有感于此种颜色，问他："这是什么颜色？"诗人望着沙滩，极其随便地回答："这个吗？这是札幌色啊。"

还有，据说，梦中绝不会出现嗅觉。但我在梦里，曾经闻到过类似燃烧橡胶的恶臭。那是日暮时分走在郊外城镇时候的事，可以看到河流。那条河是怎么样的呢？那条河里游动着几条树干般的大鳄鱼。我一边走在街道上，一边思忖："哈哈，这里是苏伊士运河的入口。"（但有过嗅觉的梦，前后仅限于这一次。）

最后，我在梦中创作了短歌和俳句，但自然写不出什么名歌和名句来。不过，我相信梦中并非永远是劣作。四五天前，我梦中伫立于野外的道路上。那里到处站满了乡间男女。其中，人们抬着一座神舆[1]，"嗨哟，嗨哟"地喊着号子走过来了。我望着这番景象，拼命写作俳句，甚感满意。但后来想想，颇为残酷，竟然是这样的句子：

翘首而立，眼望神舆走过去。

---

1 祭神活动时，供神灵乘坐的彩轿，其形有四角、六角或八角。轿顶饰以凤凰或葱花等。

### 拊掌谈

#### 名士和住居

听说夏目先生的旧居变卖了。那么大的房子很难保存下去。

书斋倒也只有两间，若和住居分割开来，也不是不可保留，但还是住在普通人家那种住房，或者间隔开来的房间里，保存起来较为容易。

#### 追逐帽子

走路时，突然一阵风刮来，将帽子吹走了。

顾及着自己周围，再去追逐帽子，因此帽子很难追到手。

另一个人帽子被吹走的同时，他一门心思记挂着帽子，拼命追逐。撞倒了自行车，被汽车轧住，又遭马车土木工人的叱骂。——其间，帽子一直顺着风向飞驰。这种人最终总能追到帽子。

但是，不论怎样，人生的结局似乎都不甚理想。没有相当的政治性或实业方面的天才，是不能够轻易得到帽子的。

## 一件怪事

每月领取微薄工资的妻子，住在大杂院里的老婆子，高兴地读着一本世间难得的通俗小说，对伯爵夫人的生活激动不已。我看了，既感到悲惨，又感到可笑。

## 《基恩》[1] 和 《可叹的丑角》[2]

最近，进口了两部著名电影《基恩》和《可叹的丑角》。

看情节内容，《基恩》很像小说，颇为有趣。大多数男人很容易滑向基恩那样的位置。大多数女人，也很容易被置于基恩的情妇——伯爵夫人那样的境遇。

《可叹的丑角》中，丑角夫妻所处的那种位置，一般的人们一生里总会有一次怅恨之事。然而被虎咬伤之类事情，想想这一生，恐怕不大会碰到。不过，假若不是虎而是狗，又当别论。

### 电影

侧面看电影，实在可惨。再漂亮的美女，都变成面饼子了。

---

[1] 法国电影，1924 年根据舞台剧《名优之恋》改编而成，描写名优基恩（Kean）和伯爵夫人相恋的故事。

[2] 法国电影，描写西班牙一马戏团班主爱上丑角演员的美貌妻子，因遭到反对实行报复，放虎将她咬伤，而后在班主妻子的援救下，丑角夫妻终于逃离虎口。

## 又

不管看多少电影，转眼就忘记了情节。最后连电影的名字也忘了。等于没有看。读书，不论多么乏味的内容，就不太容易忘掉。这事实在不可思议。

我想，如果电影里的人物对我说话，就不会那么容易忘记。尽管不是自己在饶舌。

## 狗

听说日俄战争中，战场上没有被卫生队收容的伤员，夜间倒在地上，都被野狗吃了。野狗先咬断阴茎，接着咬破肚肠。此类事，仅仅听说就令人毛骨悚然。

## 从《辨妄和解》谈起

安井息轩[1]的《辨妄和解》是一本有趣的书。读了

---

1 安井息轩（1799—1876），日本江户后期朱子学派儒学家。名衡，字仲平。注重汉唐古注疏，长于考证，颇有文名。著作有《论语集说》《左传辑释》等。

这本书，感到日本人是个非常讲求实际的种族。即便是看待各种一般事物，在日本动辄就要进行一场不折不扣的革命，但看不到外国那种流血革命的惨象。

## 刑

执行死刑时，独自走上绞首台的人，甚为稀少。大体都是被硬拖上台的。

在美国，有几个州已经彻底废除了死刑。日本，在不远的将来也会废除死刑吧？

同一味想杀人的人一起生活，是很麻烦的事。然而，对他本人来说，一生被监禁——这已经够痛苦的了，没有必要再判死刑了。

## 又

对于犯人来说，只要被剥夺外出的自由，已经是十二分的痛苦了。

在监牢里，似乎用不着禁止他们做事情。

假如我一旦因犯事而关进监牢，到那时我只要求给我纸笔和书籍。我这是轮到抓小偷才想起搓绳子，不是吗？

## 又

这是学生时代的事。上完课，从楼上下来，外面不知何时哗哗地下起雨来了。我去木屐放置地穿我自己的木屐，结果没有我的木屐，到处寻不着。我穿的是室内草鞋，外面下着大雨。

实在没办法可想。但那里有一双本不属于我的脏木屐，我想穿，想拿。

不过，当时我终于没有拿起那双木屐。那时候，即使拿来那木屐，也是不得已的事。

## 书

书不拘内容如何，作为书，可以具有其本身的价值，可以独自成为一种艺术。

# 又

我喜欢装帧好的书，因而也很珍爱它。

最近堀口大学[1]君送我一本阿波利奈尔[2]的书，书甚为漂亮。内容也富有现代的情趣。

## 流年之感

人过三十，所谓流年之感渐渐加深了。

想想现在的年轻人，我等感到已经落后于时代了。

看飞机在天上飞，我等是长大之后看见的，现在的年轻人孩童时代就看到了。看电影，我们是从放幻灯时知道的，如今的人们从孩童时代就能看到明亮度很好的电影了。

比起我等那个时代，如今的人们实在快活而舒畅。

---

1　堀口大学（1892—1981），日本诗人，诗歌翻译家。

2　纪尧姆·阿波利奈尔（1880—1918），法国诗人，主张革新诗歌，打破诗歌形式和句法结构。主要作品有《醇酒集》《图画诗》等。

## 又

黄昏时分，走在田端车站附近的道路上，听到理发铺的小伙计吹口琴。这东西我们年轻时还感到很困难，曲子也没有得到普及。心中觉得非常快活而舒畅。

## 盲人

河岸前边，一位盲人寻找安全的渡口。我看了十分难过。然而，这个世界有几万盲人，这么多盲人都在河岸上徘徊不定，想起这一点，心中涌起的是同情，更是滑稽。

人们几乎都以为自己独自承受着全部的不幸，我当然也是其中之一。

## 猎鸭

　　我最后见到大町[1]先生是大正十三年[2]新年，那时我和小杉未醒[3]、神代种亮[4]和石川寅吉[5]诸君，一起到品川海面打野鸭。记得我们一大早在本所一桥附近的船坞会合，从那里乘电动船经过大川河驶往外海。

　　小杉君和神代君都是铮铮铁骨的狩猎家，我们的一位船老大也是有名的猎手。但是，这三位以杀戮禽兽为职业的捕猎名人相聚一起，那天却一只野鸭也未捕获。原来，那些落在品川海面的野鸭还有鹈鹕，一看到我们的船，就呼啦啦振翅高飞了。桂月先生看

---

1　大町桂月（1869—1925），诗人，散文家。日本四国高知人，东京帝大毕业。富于汉诗和古文教养，文笔典雅流丽。作品有《桂月全集》。

2　1924 年。

3　小杉未醒（1881—1964），又名放庵，日本画家，歌人。作品有《四季画谱》、随笔集《故乡》、歌集《山居》等。

4　神代种亮（1883—1935），日本有名的校对家。

5　石川寅吉（1894—？），日本印刷厂"兴文社"社长。

到没有捕到野鸭，反而显得很高兴，他拍手笑道：

"了不起啊，这地区的野鸭都识字，它们都飞入了禁猎区。"

他戴着一顶类似头巾的形状古怪的狐色帽子，嘴角上残留着酒滴，旁若无人地只顾傻笑。就凭这点，那些野鸭也只好逃离。

说来说去，当天，我们被海风扑打了十多个小时，没有猎得一只野鸭。对此，幸灾乐祸的桂月先生，再一次登上一桥河岸。看来，他酒已醒了，说道：

"我给孩子约好了的，要带上两只野鸭回家。怎么办呢？孩子本打算拿鸭子孝敬学校老师的。"

不得已，他决定到附近鸡肉店买两只用黏胶捉到的野鸭。于是，小杉君发话了：

"没有枪眼儿也不行啊，我每一只都给钻个小洞孔吧。"

桂月先生孩子似的摇摇头。

"不，算了吧。"

他说完，将两只黏糊糊的野鸭用报纸包好，提回家去了。

## 漱石先生的故事

### 木曜会

大正四年、五年[1]的时候，我、久米君、松冈君，以及现在在东北帝大任教的小宫丰隆先生、野上白川先生等人，经常出入夏目先生府宅，也就是每周一次于星期四晚上的聚会。"木曜会"这个名称是谁命名的，记不清楚了。先生的宅邸，门厅紧连着起居室，再下面才是客厅，最里间是先生的书斋。书斋里没有榻榻米，地板上铺着地毯，面积十铺席左右。先生坐在地毯上的座垫上，面对书桌写文章。先生有好多傲人之处，这间书斋就是其中之一。有一次他这么说：

"不久前，我看了许多京都的茶室，比较起来，

---

1  1915、1916年。

还是我的书斋更加雄大、气派……"

我们的木曜会都在这间书斋里举行。先生的书斋雄大体现在哪里，我不清楚，只看到天花板上有鼠洞，到处残留着鼠尿的印痕。书斋只有一扇高窗，宛若监狱或精神病院，镶嵌着坚固的铁格子。先生出于何种考虑选用这种结实的铁格子，这在我看来，也是一个疑问——我们在这间书斋围着先生彻夜长谈，"不早了，该回去啦。"听到先生的催促，这才一个个离座而去——先生的府宅位于早稻田南町。如今，先生旧宅周围高楼林立，可那时候，走出先生的家，对面是医生的房子，旁边有条一尺多宽的小沟。我们半夜里一出先生家门，肯定会对着这条小沟撒尿。奇怪的是，只要一个人开头，大家全都跟着效仿。如今担任大学教授的小宫先生和野上先生也是站在那里小便的成员。一天晚上，我和久米君比其余两位先生晚了一步出来，只见小宫、野上两位先生肩并肩，一边撒尿一边聊天。

"我最近后脑勺渐渐长出白发了。"小宫先生说。

"我也看到了。"野上先生应和道。

——木曜会有各种议论。小宫先生等人，说话总爱顶撞先生，我等年轻人则为之心惊胆战。有一次，我们照旧谈到深夜，出门小便时，我问小宫先生：

"您那样老是和先生顶撞，合适吗？"

小宫先生回答说：

"先生对我们的反驳先是一手接过去，轻轻周旋一下，最后运用野猪踢兔子的办法惩治我们。他对付我们十分得意，简直是一种享乐。你们也该大胆地上啊……"

经他这么一说，我们也时常敢于顶撞先生了。

## 国辱

先生的书斋虽说是骄傲的资本，也有过这样的事——

有一次，有两名美国女人（尊敬点说，是女士）联名写信，要求拜访先生。女人是参加旅游团来日的美国文学者——虽说算不上什么"家"，但看样子喜欢作诗。不用说，信是用英语写成寄给先生的。对兢地问道：

"美国女人那么渴望见您，为何要拒绝呢？"

先生板起面孔一本正经地说道：

"我不想让那些女人知道，夏目漱石这个人睡在
满是鼠屎的书斋里。她们回到美国，肯定会大肆宣扬
日本文学家们生活得很悲惨。这可是日本的国辱啊！"

先生就是这样的人，类似这方面的事很多很多。

## 钱汤[1]

先生经常去钱汤。一天，他坐在冲洗间擦肥皂，
旁边一个身体健壮的男人正在冲澡，泡沫毫不留情地
洒到后边弓着身子的先生的脑袋上。那人只顾冲水，
一句道歉的话也没有。——性情急躁的先生立即火

---

1　大众澡堂。

了，厉声喝道：

"混账东西！"

先生思忖着，骂上一句虽然很过瘾，要是那男人同自己干起架来，该怎么办呢？想到这里他立即感到害怕，一时惊慌失措起来。

那男人也许慑于先生的威严，老老实实地道歉说：

"对不起。"

"亏得他来上这么一句，终于得救啦！"

先生回忆起来十分感慨，仿佛真的得救了。


## 作诗


先生爱发怒是相当有名的，尤其是犯胃肠病那些日子，脾气更大。平时工作时，面对书桌，正襟危坐，神情严肃，大体从上午九点开始，整个上午都用于写作。最热衷工作的时期，是写作《行人》和《明暗》那阵子。从早上九点一直写到下午六点，这样的日子并不罕见。不过，也有例外，下午完成一段工作之后，就埋头写诗。说写诗，不是指新体诗，而是汉诗。汉诗这玩意（——我等一窍不通），具有音韵等种种限制，做起来非常难。漱石先生作诗也很痛苦，嘴里不住地嘀咕，好不容易完成一首或两首七言绝句或五绝。论起先生作诗时的表情，那副样子更是严肃认真，难以接近。

## 志贺君和先生

我们去先生家，见面时总是心怦怦直跳，两腿一个劲儿哆嗦。——前辈志贺直哉君，有一天初次拜访先生，被引到那间书斋。先生庄严地坐在书桌旁的座垫上，也不问一声客人从哪里来，一副禅宗和尚参禅时心情沉静的样子。志贺君也茫然失措地默默打坐在先生面前，膝头不住地颤抖，心里显得越发不踏实。这时，一只苍蝇飞来，停在先生鼻翼的一侧。先生为了驱赶苍蝇，抬起手来，这回志贺君得救了。先生使劲儿向旁边一摇头，赶走了苍蝇。……志贺君越来越尴尬了。当时志贺君抖得很厉害，所以志贺君回去后，先生的夫人对先生说：

"那位客人或许有心脏病吧。"

## 扣留

先生住宅位于早稻田南町，有天晚上，那一带失火了。正巧，先生经过失火那条街，准备从那里走回家去。也因此，先生被圈到事故现场里了。可是稀里糊涂的先生走着走着，就逐渐接近了警戒线。警察厉声喝问：

"从哪里来？"

于是，先生做了很有逻辑性的问答：

"开始从这边（住宅）来，如今从那边（火灾现场）来。"

本来对于逻辑学之类并非一窍不通的警察，把先生视作可疑物，立即扣留了他，指着道旁的木材说：

"坐到那儿去！"

说罢，急匆匆走了。不一会儿，又带来一位被扣留的人。警察马上对先生斜睨了一眼，说：

"你可以回家了。"

当时，先生不甘心就这么走了，他想到警察局蹲上一个晚上的监房，随即说道：

"顶替的来了，就把我赶走了？让我在这儿多待一会儿吧。"

警察听了，瞪着眼吼道：

"还磨蹭什么？快走！"

于是，先生只好回家了。


## 禅僧


先生听说某禅寺藏有古画、古物等国宝，一天，雇人力车专门去了那里一趟。为了尽快看到国宝，他走到脱鞋处正在解鞋带，值班的僧人在正蹲着的先生的头顶一声大喝：

"你干吗解鞋带？谁让你进来的？"

先生觉得有些蹊跷，畏畏缩缩抬起头来。刹那间，那僧人一闪身，躲到屏风后面去了。想必禅僧看到挨骂的先生正要开口说话，才赶紧藏到了屏风背后吧，真是个有意思的和尚啊。先生心中甚是感动，重新系好鞋带，打算转身回去。这时，那位禅僧蓦然从屏风后出来，对先生大加赞扬：

"你毫不生气就这样回去，太感动了，太感动了。"

先生暗自思忖：

"你躲到屏风背后自是很好，其后又跑出来满嘴的感激话，真是没出息。看来，你只能做个守门的和尚。"

## 女人

有人问先生：

"像先生这样的人，有没有想过女人呢？"

先生听罢，默然良久，随即瞅着那人说道：

"你不要拿麻子来捉弄我！"[1]

这是我最近从朋友那里听到的。

---

1　日本熟语：只要心里喜欢，麻子也看成酒窝。相当于汉语中的"情人眼里出西施"。

# 万岁

初次见到先生时，谈起有没有在人前喊过"万岁"的事，我回答说一次也没有。先生听罢随即说，有一次朋友举行婚礼，他受托带头喊过"万岁"[1]。其后，先生自己也记不清了，不过总有两三回吧。当时，为何很少喊万岁呢？先生说，他不愿在人前抛头露面。我说，这也会有的，不过，当人们兴奋至极，很想发出声音的时候，"万岁"这个词，不像"乌拉"这个词，缺乏响亮的力度。先生对这一说法极力反对。由于我的坚持，先生带着厌恶的表情，沉默不语了。我因此讨了个没趣。自那以来，我觉得先生对我抱有反感了。

## 文章 [2]

有一次我说，我想写志贺君那种文章，总也写

---

1　日本习惯，凡喜庆燕集或选举胜利，由一人带头，众人高举双手，三呼万岁。

2　以下诸段的小标题为译者所加。

不出来。我问先生，为何写不出那种文章来呢？先生说，不要一心想着做文章，怎么想就怎么写，自然就成为那种文章了。接着又说，那种文章，他也做不出来。

## 马

先生说，一次走在路上，拉马车的马离开马车追他而来。于是，他只得逃到另外人家去。那匹马是真的追自己，还是追别人，也还没弄清楚。

## 正冈子规

正冈子规在《墨汁一滴》写道：有一次，他和先生一起到早稻田附近的田埂上散步，漱石不认识水稻，令他惊讶。因而，我向先生问起这件事。先生说，不是这么回事。他知道大米是出自田里的一种农作物，也认识田里种的是稻子，只是不知道稻子——亦即眼前的稻子和大米之间有何关系，正冈也没有进行逻辑性的考虑。先生说起来振振有词。

## 安井曾太郎

先生观看安井曾太郎的绘画，说："笔墨细腻，一如我也。"

## 高楠顺次郎[1]

先生动辄爱发脾气。我曾讲过这样一件事，这也是从别人那里听说的。高楠顺次郎曾经说，夏目君这个人，与其待在大学里，不如到外面当作家更好。先生听了立即变色道："依我说，高楠还是不待在大学的好。"

## 古董

先生喜欢搜集古董，他买了件东西，读不出上

---

面的字。一问，原来是"专利卖出"几个字。


## 栗子


大约是过年的时候，先生的饭菜里添了些栗子。先生有糖尿病，一概不吃甜的东西。然而，先生一边吃着栗子饭，一边说道：

"我的那位妻子说，甜的东西只限于点心，别的一概没关系。"

说罢，缩起脖子只顾扒饭。


## 骗子与小偷


先生说，罗丹是骗子，莫泊桑是小偷。

## 葬仪记

在外面打了个电话，整一整皱巴巴的衣袖，来到门口。没有一个人。向客厅一瞅，夫人正和一个穿黑色礼服的人说话。先前摆在灵柩后头的那架白色屏风，如今竖立在客厅和书斋的分界处。我有些不解，走进书斋，看到入口站着和辻君，还有另外两三个人。里面当然还有好多人。大家正在瞻仰遗容，同先生作最后告别。

我站在冈田君的后面，等着轮到自己。玻璃窗变明亮了，外面有几棵芭蕉，已经捆上防冻的稻草。在书斋守灵的时候，这些芭蕉总是最先从黑暗中浮现出来。——当我正在朦胧地想着这些时，人逐渐减少，我这才进入了书斋。

书斋里是点着电灯还是蜡烛，现在不记得了，总之不是只靠外面的光亮。我是怀着一种奇妙的心情进去的，冈田君行完礼之后，来到灵前。

灵柩一旁站着松根君，他正平举着右手，做着拉磨面般的动作。他的意思是叫人们行罢礼按顺序绕道灵柩后再离去。

灵柩是寝棺。棺床只有三尺宽，站到旁边，棺内的情景全在眼鼻之间了。棺内雪片似的洒满了写有"南无阿弥陀佛"的精致的剪纸。先生的面颜有一半掩埋在纸片里，静静地闭合着双眼。正如蜡像一般，那轮廓同生前毫无两样。不过，表情总有些不同，除了嘴唇发黑、脸色改变之外，还有些地方不一样。我站在他面前几乎毫无感觉地行了礼。我有一种强烈的意识：这不是先生。（从一开始就是这样，直到现在我依然毫无夸张地感觉到，先生还活着。真是没办法。）我在灵前站了一两分钟。遵照松根君的指示，让给后面的人，走出了书斋。

但是，一到外面，就又急着想再看看先生的遗容，总觉得刚才忘记仔细瞧一瞧了。然而，已经晚了，我干了一件蠢事！我真想再进去一次，可又怪难为情的，觉得那样做有点矫情，"已经没有办法啦!"——这样想着，便打消了念头。但瞬间，悲痛又涌上了心间。

走在外面，松冈君问道："你都看清楚了？"我"嗯"了一声，觉得撒了谎，心里有些不快。

到了青山的灵堂，雾霭散尽，天气晴朗。朝阳照射着已落光叶子的樱树梢。从下面仰望，樱树枝犹如细密的铁丝网一般布满天空。我们走在树下铺着的新芦席上，大家一反常态地说："好容易清醒过来啦!"

灵堂是将小学校的教室和寺院的本堂合在一起的建筑。有圆柱，两边安设着十分简陋的玻璃窗。正面是一座高台，上面摆着三只朱红的曲禄[1]，台下一律是价值低廉的椅子，两者形成奇妙的对照。"这曲禄要是放在书斋里当椅子，该多好!"——我向久米君这样说。久米摸摸曲禄的腿，不置可否地应付过去了。

出了灵堂，回到入口的休息室。森田君、铃木

---

1 举行法会时僧侣使用的座椅。

君、安倍君等人，早已聚在烈火熊熊的炉边，有的读报纸，有的在闲扯。报上刊登的先生的逸闻轶事，国内外人们的回忆，时时成为话题。我向和辻君要了一支"朝日"香烟，一边吸着，一边把脚伸向炉畔，漫不经心地望着从湿漉漉的鞋子里冒出的水气，好像在眺望远方的风景。大家的心里，仿佛都有一种空洞感，真是无可奈何。

不知不觉，很快就要举行葬仪了。"我们都到签名处去吧。"——性急的赤木君扔下报纸说，他在说出"到"字时，带着独特的重音。于是，大家陆续走出休息室，分两组，走到门口两旁的签名处去。这边是松浦君、江口君和松冈君，对面是和辻君、赤木君和久米等人。此外，朝日新闻社也派了两个人前来帮忙。

不久，灵车来了。接着，参加葬礼的人们陆续进场了。我看到休息室里人影幢幢，里面有小宫先生和野上先生。还有一位像药店老板一样身着白大衣的人，他就是宫崎虎之助。

开始不太在意时间，再加上前一天报上把葬礼的时间搞错了，本以为参加葬礼的人数很少，但事实完全相反。动作如果稍微放慢点，就连人们的住宅都来不及登记了。我为着接收各方人士的名片忙得晕头转向。

这时，听到有人说："死是严肃的。"我吃了一惊。在这种场合下，我们之间是不会有人说出这种演戏一般的语言的。我向休息室一瞅，原来宫崎虎之助，正骑在椅背上，做传教士式的演说呢。我有些不快。不过，这也很符合宫崎虎之助的性格，我不再生气了。接待人员制止他，看来也制止不住。他一边用右手打着手势，一边反复强调着"死是严肃的"这句话。

这件事很快过去了。参加葬礼的人，在接待人员的带领下进入了灵堂。葬礼开始的时刻来临了。报名处也很少有人来了。大家收拾好登记簿和香奠之物，对面负责报到的人员也一起走了。在这之前，我看到赤木君不断为着什么在生气，一问才知道，原来是有人提意见，说负责报到的人员，必须等葬礼结束之后才能离开报名处。我看到他那十分愤慨的样子，赶紧也照着做了。就这样，大家关闭了报名处，一起进入灵堂。

正面的高台上，不知何时只剩一张曲禄了。宗演老法师面向里坐在上面，两侧各站着一排和尚，手持各种乐器。台子后面可能放置着灵柩吧，写有"夏目金之助之灵"字样的幡子，只能看到下面一角。由于昏暗和烟雾，此外看不清楚还有些什么。中间只放着菊花扎成的花圈，重重叠叠，形成白色的小山。——已经开始念经了。

我出席这种仪式，并不感到有什么悲伤。正因为有了这番心情，只好走走形式，仰不愧天罢了。——这样一想，就可以平心静气听宗演老法师的秉炬法语了。因此，听到松浦君的哭泣声时，一开始我还以为有人在笑呢。

仪式继续进行着，小宫君和伸六君一起拿着悼词走到灵前，一看到他们，我的眼眶立即热了。我的左边站着后藤末雄君，右边坐着高中时代的村田先生。我不愿意别人看到我哭泣，但是，眼泪却渐渐流了下来。我原先就知道后面站着久米。我想看看他到底怎么样了。——怀着这种暧昧的求助的心情，我回头一看，看到了久米的眼睛。他眼里溢满了泪水。我终于止不住哭泣起来。我还清楚地记得，旁边的后藤君带着怪异的神色望着我。

此后又怎样了，我一点也不清楚了。只记得当时久米抓住我的胳膊说："喂，到那边去吧。"后来，我擦干眼泪，睁眼一看，面前是垃圾场，这里位于灵堂和住家之间，垃圾场上扔着三四只蛋壳。

过了一会儿，我和久米走进灵堂，参加葬礼的人大都回去了，建筑物内显得空荡荡的，只有灰尘和线香的烟雾混在一起，令人喘不过气来。我们在安倍君之后烧了香，于是，眼泪又来了。

走到外面，别别扭扭的太阳照射着一片化霜的土地。迎着阳光走进对面的休息室，有人递过来一个荞麦馒头让我吃。也许肚子饿了，我接过来连忙送进口中。这时，大学的松浦老师走来，似乎跟我谈了些有关收集骨灰的事。那时节，不管什么天道呀荞麦馒头呀都会使我心烦意乱，所以肯定回答时有失礼仪。老师带着一副无可奈何的神情回去了，现在想起，我觉得很对不起他。

　　眼泪干了之后，就只剩下疲劳了。我将出席葬礼的人的名片捆在一起，将唁电和住址登记本归纳一处，然后站在灵堂外头的马路上，目送着灵车驶向火葬场。

　　其后，头脑昏昏沉沉，只想睡觉，此外什么也无法考虑了。

## 给旧友的信

至今，我尚未见到一个自杀者详细描写过自己的心理活动。这大概是因为关系自杀者的自尊心或出于对自己的心理不感兴趣的缘故。我想在给你的最后这封信中，详细叙说一下这种心理。但我不一定特地告诉你我自杀的动机。雷尼埃[1] 在他的短篇小说中描写了一位自杀者。这位短篇小说的主人公，他自己也不知道为何自杀。或许你在报纸的社会栏里看到过因生计、病痛或精神苦恼等而自杀的种种动机吧。然而，根据我的经验，这并非动机的全部，而仅仅是通往动机过程中的表象。自杀者大体都如雷尼埃所说，并不知道为何自杀。正像我们的行动中包含着复杂的

---

1 亨利·德·雷尼埃（1864—1936），法国诗人、小说家。由高踏派走向象征派，遂确立典雅的诗风。其后，又转向新古典主义。作品有诗集《翌日》等。

动机一样。至少在我，就抱有一种朦胧的不安，这是对于将来的一种朦胧的不安。你大概不相信我的话吧。然而，十年来的经验告诉我，我周围的人们只要不处于同我相近的境遇之中，我的话对于他们来说，犹如风中的歌唱，刹那间就消失得无影无踪。因此，我不怪你。……

这两年来，我一直在考虑死。最近，我怀着虔敬的心情阅读曼兰德[1]。曼兰德抽象的语言，无疑巧妙地描写了通向死亡的路程。然而，我则打算对这件事更具体地加以阐述。在这样的欲望面前，对家人的同情之类，就变得无足轻重了。同时，也促使我对你不得不使用 inhuman[2] 的语言。要说非人性，那么我也有非人性的一面。

不论任何事情，我都有如实写出来的义务。（我解剖了对于我将来所抱有的朦胧的不安。我以为我在《某阿呆的一生》中已经大致说得很明白了。只是对于我的社会条件——旧时代在我身上的投影，文中

---

1 菲利普·曼兰德（1841—1876），德国诗人，哲学家。35 岁自杀身亡。
2 英语：冷酷，不近人情。

有意没有涉及。为何故意避而不谈呢？因为我们每个人，直到今日都多多少少置身于旧时代的阴影之中。我所扮演的角色，除了舞台之外，还包括背景、照明以及多数登场人物，对于这些，我都要写下来。不仅如此，至于社会的条件等，侧身于这个社会条件之中的我本人，对此能否作出清醒的判断，不能不令人怀疑。）——我首先考虑的是，如何才能死得不痛苦。自缢而死，当然是最适合实现这一目的的手段。但是，我一想到自己那副吊死鬼的形态，就无限地感到那是对于美的反叛。（记得当我爱上一个女人的时候，只因她的文字拙劣，便猝然失去了爱意。）溺水而死，对于会游泳的我来说，根本无法达到目的。不仅如此，万一获得成功，比起缢死要痛苦得多。撞车而死，这于我也不能不感到是对美的亵渎。借用刀枪而殒命，有可能会因为手抖而告以失败。从高楼上纵身一跃，那同样显得惨不忍睹。鉴于以上种种情况，我决定吞药而死。吞药而死或许比缢死还要痛苦，但有利的是，除了避免对于美的背叛之外，也不会有死而复生的危险。只是寻求这种药物，对我自然并非易事。但我既已决意自杀，我会利用一切机会，将这种药物弄到手。同时，我想获得些毒物学的知识。

其次，我考虑的是我自杀的场所。我死后，我的家人必然依靠我的遗产活命。我的遗产只限于面积一百坪[1]的土地、我的住房、我的著作权和我的两千元存款。我为我自杀后房子不易卖掉而感到苦恼。因而，我羡慕有别墅的资产阶级。你一定觉得我这话很可笑吧？其实，我也觉得自己的话很可笑。不过，考虑这类事情时，内心的确很难过。然而，这种苦恼又实在躲避不掉。我打算自杀时，除家人之外，尽量不想让别人看到自己的尸体。

然而，我一旦选定这一手段之后，又有半分对生命的执着之情。因此，还需要一个突入死亡的跳板。（我不会像红毛人一样，我并不认为自杀是一种罪恶。佛陀对于现世《阿含经》中他的弟子的自杀给予了肯定。那些曲意逢迎之徒，对于这样的肯定，只认为是出于"不得已"，但在第三者眼里，所谓"不

---

1 日本传统计量系统尺贯法的面积单位，一坪约合 3.3 平方米。

得已", 并非在于看着必须悲惨而死的非常奇异的时刻。大凡自杀, 对于本人来说, 总是"不得已"的。断然自杀之前, 还必须富于勇气才行。) 能够发挥这种跳板作用的, 不用说就是女人了。克莱斯特[1]自杀前, 屡屡劝说他的朋友 (男的) 同自己相伴。此外, 拉辛也曾邀约莫里哀和佩罗共投塞纳河。不幸的是, 我没有这样的朋友。我想和我的红颜知己一道赴死, 但这项计划终因我个人缘由而未获成功。其间, 我产生了不依靠跳板而死的自信。这并非来自无人伴我共赴黄泉的绝望之心, 毋宁说是逐渐变得感伤的我, 即便死别也想借此告慰我的妻子。同时, 我知道, 一个人自杀较之两个人一道自杀容易得多。其中还有个有利的因素, 那就是我可以自由选择自杀的时间。

最后, 我考虑最多的是, 自杀时如何巧妙地躲过家人的眼睛。经过几个月的准备, 对此已经有了自信。(至于具体的细节, 考虑到那些对我持有好感的人, 不便一一详述。不过即使写在这里, 也不会构成

---

1 海因里希·冯·克莱斯特 (1777—1811), 德国剧作家, 富有创造力的现实主义诗人。一生落魄凄惨, 终以自杀了结。

法律上的所谓"自杀协助罪"——没有这个滑稽的罪名。如果有这样一条法律，那么犯罪的人就会数不胜数。药店、枪炮店和理发铺，即便推说"不知道"，只要我们人类的言语、表情能表现我们的意志，那么多少也会受到怀疑。不仅如此，社会、法律这些东西本身，也能构成自杀协助罪。到头来，这些罪犯大体上都能保持一副悠然自得的优雅心境。）我冷静地结束了这项准备，如今只等着和死亡玩一场游戏。这之前我的心情，大体近似曼兰德的语言。

我们人类正因为是人兽，所以也像动物一样畏惧死亡。所谓活力，事实上只不过是动物性力量的代名词。我也是一只人兽。不过，一旦倦于食色，就会逐渐失去这种动物性力量。我如今居住在冰一般透明的、有着病态神经的世界。昨晚，我和一个妓女商谈她的要价（！），我切实感到我们人类"为生存而活着"的悲哀。如果能够甘于永眠，即使不会为自身求得幸福，那么也一定能够赢得和平。但问题是，我何时能断然自杀呢？这世界在我眼里，比寻常更加美丽。既热爱美，又一心企图自杀，你一定在嘲笑我的这一矛盾心理吧？不过，世间之美，只会映在临终者的眼睛里。我比别人更加清晰地看到这世间，热爱这世间，并且理解这世间。这一点，使我在无限痛苦之中多少获得些满足。我死后数年之内，请你不要将这封信公诸于世，因为自杀不一定能够像病死那样平静死亡。

　　附记：我阅读恩培多克勒[1]的书，深感成为神的欲望是多么迂腐。我只要想到这封信，就不会泛起成神的心愿。不，我只希望做个平凡的人。你还记得二十年前在那棵菩提树下，我们互相畅谈"埃特纳的恩培多克勒"的情景吗？我就是那个时代一心巴望成神的人。

　　　　　　　　　　　　昭和二年（1927）七月，遗稿

---

1　恩培多克勒（前493—前433），古希腊哲学家、诗人、政治家和医生。传说他为了证明自己是神，跳入埃特纳火山而死。

### 译后记

芥川龙之介，日本著名作家。号澄江堂主人，俳号我鬼。因出生于龙年（1892）龙月龙日龙时，故名龙之介。出生七个月后，母亲患精神病，遂由舅父芥川氏收作养子。一九一三年，入东京帝国大学英文科，翌年与菊池宽、久米正雄等人发起第三次"新思潮"运动，并以柳川隆之介名义在《新思潮》杂志上发表作品。其后，陆续创作小说《罗生门》（1915）、《鼻子》《芋粥》（1916）、《戏作三昧》（1917）、《地狱图》（1918）、《河童》《玄鹤山房》《齿轮》（1927）等名作。芥川三十五年短暂的一生，共写作一百四十多篇短篇小说，仅次于后来的三岛由纪夫短篇小说的数量。在日本现代文学史上，芥川和三岛堪称"短篇小说之王"。

芥川作为大阪每日新闻社海外视察员，于

一九二一年三月二十八日乘"筑后丸"轮船从门司港出发赴中国巡游，经上海，历江南，溯长江，登庐山，访武汉，渡洞庭，至长沙，北上出北京，谒大同，过朝鲜，于七月末尾回到日本。自八月始，在《大阪每日新闻》陆续发表《上海游记》《江南游记》等记游文章，以峻厉的目光观察二十世纪初中国社会的种种众生相。一九二七年七月二十四日晨，服过量安眠药自杀，枕畔留有《圣经》一部，遗稿《给某旧友的信》一篇和遗书数纸。

芥川出生于东京，他的短暂的一生几乎都在东京和近郊度过。作为一位"东京人"作家，他自然有着"江户哥儿"的性格特征和文化趣味。他在一个平和的中产阶级家庭中长大成人，从"一高"顺利地踏入东大的大红门，是英文科的优等生。大学毕业后，立即登上文坛，进入了作家生涯。同那些标榜社会经验和多样的人生经历为创作源泉的自然主义作家相反，在芥川文学的园地中，看不到广阔的生活视野，看不到多歧的人生画图和深刻的斗争场景。

那么，芥川文学源自何处？

芥川文学源自书本，源自传统。

他是一个酷爱读书的人。古今东西，兼容并包。他一方面浸淫于日本和中国古代传说与典籍之中，一方面广泛涉猎一时风靡欧洲的波德莱尔、法朗士、王尔德和霍夫曼斯塔尔等人的著作。前人创造的文化艺术成果，瑰丽多彩的世界文学宝库，成为芥川汲之不尽的创作源泉。他的作品相当一部分直接取材于日本或中国的古典故事与传说，运用熟巧的表现手法，化腐朽为神奇，铸成新鲜的芥川文学的血肉。芥川龙之介对于超现实的艺术，以及神秘与怪异都表现出强烈的兴趣，这与他幼少年时代流行的江户末期的怪诞文化不无关系。

芥川龙之介真正的作家生活仅有十多年。在这短暂的时期内，他实现了人生的最大可能，成就了日本文学史上所谓"最华丽的存在"（中村真一郎语）。

芥川文学创作师承漱石文学传统，凝重深远，古趣盎然，笔墨犀利，风格严冷，对后世作家影响极大。一九三五年为纪念他而创设的芥川文学奖，历来是新人作家登龙门的最富权威的纯文学奖赏。

　　芥川龙之介也是我国最早译介的现代日本作家之一，他的小说和游记文学译本多种。本书着眼于散文随笔分野，从作者全集中遴选部分秀作，辑录成册，以飨同好。芥川散文一如他的小说，题材不拘一格，行文优游自在，时而平静似水，时而奇崛如山。寓意潜于字后，笔端常带感情，他的那些记述恩师夏目漱石的篇章就是极好的例子。

　　鉴于所选文章品类驳杂，涉及广泛，译义和注释难免出现讹错。敬希读者指教，以便及时订正。


陈德文

删除我一生中的任何一个瞬间，

我都不能成为今天的自己。

——芥川龙之介

# 一頁 folio

始于一页，抵达世界

Humanities · History · Literature · Arts

出品人　范　新

监制策划　恰　恰

特约编辑　徐　露

版权总监　吴攀君

印制总监　刘玲玲

装帧设计　COMPUS · 汐和

书籍插画　鲁梦瑶

内文制作　常　亭

Folio (Beijing) Culture & Media Co., Ltd.

Bldg. 16-B, Jingyuan Art Center,

Chaoyang, Beijing China 100124

一頁 folio

微信公众号

官方微博：@ 一頁 folio ｜ 官方豆瓣：一頁 folio ｜ 联系我们：rights@foliobook.com.cn

**图书在版编目（CIP）数据**

芥川龙之介妄想者手记/（日）芥川龙之介著；陈德文
译．-- 北京：北京联合出版公司，2020.7（2021.11重印）
　ISBN 978-7-5596-4090-1

Ⅰ.①芥… Ⅱ.①芥…②陈… Ⅲ.①散文集－日本
－现代 Ⅳ.①I313.65

中国版本图书馆 CIP 数据核字（2020）第 042610 号

## 芥川龙之介妄想者手记

**作　　者：**［日］芥川龙之介

**译　　者：**陈德文

**责任编辑：**张　萌

**特约编辑：**徐　露

**装帧设计：**COMPUS · 汐和

**书籍插画：**鲁梦瑶

北京联合出版公司出版
（北京市西城区德外大街 83 号楼 9 层　100088）
北京华联印刷有限公司印刷　新华书店经销
字数 123 千字　889 毫米 ×1260 毫米　1/64　4.5 印张
2020 年 7 月第 1 版　2021 年 11 月第 5 次印刷
ISBN 978-7-5596-4090-1
定价 29.00 元